極樂饗宴

O Clube dos Anjos

by Luis Fernando Verissimo

路易斯・費南多・維里西默—著

呂玉嬋—譯

Contents

1—相遇 006

2—魚鱗 024

3—第一頓晚餐 039

4—性欲論 059

5—同性戀連體嬰姐妹 077

6—又見魚鱗 095

7—頑童 114

8—巧克力小子幹偵探 133

9—蒼蠅俱樂部 155

10—斯佩克特先生來訪 178

所有的欲望都是對死亡的渴望。

——可能是日本格言

1 相遇

盧西迪奧不是魔鬼的一百二十七個名字之一，我也沒有從地獄召喚他來懲罰我們。當我第一次向大家提到他時，有人說：「你在編故事吧！」我才沒有，我是無辜的——哎，一個作家能有多無辜，我就有多無辜。當顯而易見只有一個犯人時，懸疑故事總是以尋找犯人為主線，既單調又乏味。親愛的讀者，不用費心翻到這本書的最後一頁了，因為名字已經寫在封面上，就是作者的名字。在這種情況下，你可能會懷疑我不只是一個聰明的作家，描述了書中的罪行，用鍵盤敲出它們的傷悼之舞，還在食物裡下了毒，對於情節的干涉逾越了本分。這種懷疑合乎邏輯，更確切地說，合乎懸疑故事特有的邏輯：如果最後只剩一個人活著，那麼此君正是犯人；如果有兩個人活到最後，但其中一個是虛構的，那麼另一人肯定就是犯人。盧西迪奧和我是唯二活到故事最後的人，如果我沒有編造他的存在，加上他不太可能編造我的存在，那麼他顯然就是那個有罪的人，因為下廚的是他，而每個人都因為大快朵頤而死於某種原因。如果我捏造了他，那麼罪責全落在我的身上，我甚至不能聲稱，如果盧西迪奧是虛構人物，那麼整個故事也就是純屬虛構的，因此沒有犯罪，也沒有罪犯。杜撰不能為錯誤的行為辯解，想像力也並非藉口託辭，我們都有殺人的念頭，但只有那個怪物——作者，以白紙黑字記下罪行，印行公開。我或許沒有殺死我那九個同我一樣嗜吃如命的俱樂部兄弟，但我仍舊有過失，因為這本小說把他們寫死了。為了證明我是清白的，沒有犯下這些可怕的罪行，我必須讓你相信盧西迪奧不是我虛構的人物。我還得說服你相信這個故事是真的，以證明我不是在創作小說。虛構的罪行比真正的罪行還要可惡得多，畢竟現實的犯罪可能出於意外，也可能是一時衝動的結果，但誰聽說過沒有預謀的虛構犯罪呢？

◈

我能說出我們初識的時間、地點和日期。你要證人，那就去問酒坊那裡的人吧，他們認得我，我每個月在他們店裡花一大筆錢買酒。向他們打聽丹尼爾博士，那個喜歡聖達斯特葡萄酒的胖子。我其實不是博士，不過我很有錢，所以他們畢恭畢敬尊稱我一聲「博士」。今年二月，也就是九個月前，盧西迪奧在酒坊的波爾多葡萄酒區朝我走來時，他們絕對注意到我和他之間的差別。他又矮又瘦，有一顆與身體不相稱的大腦袋瓜，但他總是穿西裝打領帶，衣冠楚楚，而我又高又胖，鬆垮的襯衫拉在褲頭外，而且眾所皆知，我連去「巴黎杜卡斯」這種高級餐廳，也是穿麻底帆布鞋。酒坊的人絕對注意到了我們之間的差別，並且講了幾句評語。他們會告訴你，那天酒坊門可羅雀，我們在波爾多葡萄酒區開始交談，一塊溜了一圈酒坊，走到智利葡萄酒區時，已經像老朋友一樣了。他們可能還記得，在他的推薦下，我買了一支我平日不會買的卡奧爾。我們一道離開酒坊，大家都看到了。我發誓，的的確確有盧西迪奧這號人物存在，去酒坊那裡問問吧。

◈

酒坊的人所不知道的是，我們後來到購物中心喝咖啡，坐下來繼續聊天，因為我們有好多好多共同的興趣。不過，初次見面，我們聊的不外乎美食與美酒。盧西迪奧的舉止非常低調，不怎麼打手勢，坐著的時候，背打得筆直，腦袋幾乎完全不動。而我則說不上是坐在椅子上還是桌邊，倒更像是停泊在那裡，不過由於少了拖船，靠岸過程歷經艱辛。那天，在我安全坐上椅子叫服務生來以前，我打翻了一個糖罐，還差點掀翻桌子，摔了那瓶酒。可憐的莉薇亞，我女朋友，說我都不知道自己有多占空間，這是因為我素來是個被寵壞的小胖孩，這與我是獨生子有關，沒有人給我設限。可憐的莉薇亞是一個心理學家兼營養學家，多年來一直試著拯救我，與其說是情人，我更像是她的工作目標。我有過三任妻子，她們都要我的錢，莉薇亞不要我的錢，她要的是成為拯救我的那個女人，我覺得這是一個更自私更可怕的野心。也許這就是為什麼我不肯娶她，卻毫不抗拒和其他女人結婚，儘管我很清楚她們不是為了我的鮪魚肚而愛我。我們各住各的，但她會打理我的公寓和我的衣著，她也想管理我的飲食，不過徒勞無功。我相信，如果她辦得到的話，她會限制我只能攝取她的乳汁和纖維，大量的纖維。我說話太大聲而且話也太多，這是無人設限之童年的另一個後果。莉薇亞讓我相信，我人生中所有悲劇都可以歸咎到一點上——沒有人告訴我：「丹尼爾，夠了！」

◈

我記得初次認識盧西迪奧時，大部分時間都是我在說話。我跟他說了我們俱樂部的事，告訴他所有成員的名字，我每說一個名字，盧西迪奧就發出「啊」或「嗯」的一聲，表示這些名字如雷貫耳，畢竟我提到了這個州最知名的九個家族。最後，我告訴他我自己的名字，他也肅然起敬，更確切地說，他發出另一種禮貌的聲音，同時始終保持著那種緊繃的淺笑。說也奇怪，盧西迪奧從來沒露過牙齒。

◈

等一下，我現在想起來了，他說的是「我知道啊！」當我告訴他我的全名，丹尼爾加上姓氏，他說：「我知道啊！」你一定在想，這只能證明這次碰面並非純屬偶然，但他可能是從某張照片認得了我。多年前，當拉莫斯主導著我們的生活時，我們常常登上媒體——社會版或是專業的飲食雜誌。他可能是從照片認出我們，我們全部十個人，從照片和我們的名氣認出我們。我們仍舊每個月聚會一次，一起享用晚餐。一年中有十個月，從三月到十二月，我們每個月在不同成員家中用餐，輪到的成員負責提供晚餐。我們從三月展開新的一輪，我負責每一年的第一頓晚餐，但是今年這一輪可能根本不會開始。盧西迪奧問為什麼。

「我們快散了，我們失去了活力。」

「聚餐活動辦了多久？」

「二十一年，今年就是第二十二個年頭了。」

「都是同一批人？」

「對，不對，死了一個，補了一個，但一直是十個人。」

「你們都差不多年齡嗎？」

光是聽盧西迪奧問話的語氣，你還以為他正在伏案做筆記呢。然而，當時我並沒有察覺到那種盤問的語氣，什麼都說了。我告訴盧西迪奧燉牛肉俱樂部的歷史，而他始終抿嘴微笑，只是偶爾發出「啊」或「嗯」的一聲。

◈

我們年齡相仿，這二十年來，我們的財富有時多一點，有時少一點，但我們都頗有錢的。錢都是繼承來的，受制於反覆無常的個人性格與市場的影響。我的財產挺過三段悲慘的婚姻，一場耽溺於收集來的各種光怪陸離故事的人生。我的日子能夠過得遊手好閒頹圮墮落，那是因為我父親寧可拿錢供我，也不要讓我把任何家族事業拖入我的毀滅軌道。除了拉莫斯，我們都差不多年紀，都來自同一社會階層；除了塞繆爾和拉莫斯，我們都是一起長大的，佩卓、保羅、紹羅、馬可仕、提亞哥、喬昂、亞伯和我。從青少年時期起，我們幾乎天天都在阿爾貝里的酒吧聚會，多年來，阿爾貝里的燉牛肉、木薯粉炒蛋和油炸香蕉定義了我們的美食品味，後來我們逐漸發展為每週上不同館子吃晚餐，最後是每個月到不同人的家中聚餐。日子久了，加上拉莫斯的薰陶，我們的品味提升了。然而，塞繆爾仍然堅持認為，生命中沒有什麼美味比得上油炸香蕉。

「主人一定要下廚嗎？」

「不一定，如果他願意，他就做，不然也可以招待別人做的食物，但是他要對餐點的品質負責，還要提供好酒。」

「那發生了什麼？我不明白。」

「你指哪件事？發生了什麼？」

「活力，你說你們失去了活力。」

「哦，對。我想是拉莫斯死的時候……因為走的是拉莫斯，是他成立俱樂部，是他制定規矩，找人製作印有抬頭的信箋和卡片，甚至還給俱樂部設計了盾形紋章。他把一切看得非常認真，他死後……」

「死於愛滋病。」

「沒錯，一切都變了。去年的最後一頓晚餐糟糕透頂，好像我們看到彼此的臉就覺得煩。那次是在巧克力小子提亞哥的公寓舉辦，菜色好得沒話說，但吃到最後氣氛很僵，女人甚至吵了起來。那是去年最後一頓晚餐，以往最後一頓總是格外特殊，畢竟耶誕節快到了。我想，在拉莫斯死後的這兩年……」

「你們持續失去動力。」

「對，動力、精力、活力。」

「失去一切，除了食欲。」

「失去一切，除了食欲。」

深夜購物的人潮開始湧現了，我們又點了兩杯咖啡。和往常一樣，我往我那一杯放了一大堆糖，還撒了些許到咖啡碟上。我意識到我不只在敘述我們慢慢散了，也在敘述我們食欲的發展演變史，也就是二十一年來我們的食欲和我們的遭遇。

◈

一開始，讓我們團結在一起的，不只是一塊吃喝的樂趣，也有一定程度的炫耀。一旦我們把阿爾貝里的燉牛肉換成更高檔的東西，我們的晚餐也就變成了展現權力的儀式，只是我們當時並沒有意識到。我們吃得起，喝得起，所以我們吃只吃最好的，喝只喝最好的，而且還要刻意讓人見識，聽聞我們行使這種特權。但還不只如此，我們可不是什麼蠢蛋傻貨，我們是與眾不同的，在那些囂鬧慶祝我們共同品味的活動中，我們沉湎於我們的友誼和自身的古怪。我們更懂得欣賞生活和生活中的樂趣，真正讓我們團結在一起的，是我們確信我們的食欲代表世界總有一天會從我們身上喚起的全部欲望。起初，我們非常貪婪，任何小於這個世界的東西，對我們來說都等同於性交中斷，我們要得到這個世界，但我們最終只是困於城市的失敗者，在自己的屎堆中打滾。但我有點說過頭了，丹尼爾，夠了！我們還在購物中心的咖啡館，我坐在盧西迪奧的對面，往桌面撒著糖粒，同時傾吐出我的人生。

◈

拉莫斯決定要正式成立燉牛肉俱樂部，這個名字是為了紀念我們身為懵懂美食家的昔時歲月。那個晚上，馬可仕、紹羅和我也才剛剛創立了我們的公關公司，也就是說，我曾經一度讓我父親相信，我好逸惡勞的日子結束了，理當得到若干經濟支持，或者起碼預支幾年份的零用錢，以便開創自己的事業。我們滿腦子都是計畫。我們很快會成為公關界明星，馬可仕有藝術才華，我有寫作天賦，紹羅有和人打交道的本領，而且擅長推銷，什麼都能講得天花亂墜。保羅選上了市議員，他的自由主義思想讓他的銀行存款和我們這些朋友都感到不安，他過去常罵我們是該死的反動派，但他很聰明。我們相信，在時代的強迫下，保羅會享有一段輝煌的政治生涯，這在很大程度上得益於他有一個在國家安全警察部門擔任要職的哥哥。提亞哥開始在建築界嶄露頭角。佩卓終於接管了家族事業；在那之前，他與（我們都深愛的）瑪拉在歐洲待了一年，不理會家人一再要求他回家，度了一場為時數個月之久的蜜月。喬昂，我們聰明的喬昂，教我們投資股票市場，開始賺取——用塞繆爾的話來說「多到失德」的金錢。亞伯，我們善良敏感的耶穌會信徒，擅長烤魚和烤肉，最近離開了他父親的律師事務所，開了一家自己的公司。像佩卓一樣，他也正值新婚，在那個時候，他的陶醉愉悅混雜著從父親的統治下掙脫出來的內疚、對新工作的熱情，還有和諾莉里雅結婚後的性震撼。他不知道，諾莉里雅和另外兩名俱樂部成員上過床，有一回甚至和塞繆爾調情。他偶爾會打斷我們的自我慶祝，大喊：「神奇的時刻，各位，神奇的時刻！」因而自然毀了那一刻的神奇。亞伯需要不停地頓悟，塞繆爾認為這種需求是他篤信宗教之過去的遺毒。

◈

塞繆爾，我們之中最好的一個，也是最壞的一個，還是那個吃得最多，但從不發胖的那個。最愛我們，也最愛侮辱我們。最喜歡用「混蛋」來形容每個人，從服務生（「噢，混蛋先生！」）到教皇（「混蛋陛下」）。他是我們當中最清醒也最執迷不悟的一個；他是最後一個死的，這個月死的，就在我的眼前，死得最痛苦。最後，還有拉莫斯，他讓我們相信我們的食欲不只是身體的渴望，我們是文明人，我們的貪婪是一個世代的貪婪，或者起碼我們不是十足的混蛋。拉莫斯——塞繆爾稱他為「我們神聖的混蛋」，總是在我們聚會時長篇大論。一切從他開始，是他給我們平凡的晚餐帶來某種莊嚴的氣氛，是他把「目前圍桌而坐的十個人，就這十個人」組成了俱樂部，直到死亡或女人讓我們分開。然後，他用大塊的麵包蘸了葡萄酒，要大家一起咀嚼，一起吞下，彷彿立下忠誠的神聖誓言。亞伯覺得這個儀式最感人的地方是參照了聖餐。

◈

起初，拉莫斯是俱樂部中唯一真正的美食家。他口授心傳，讓我們的食欲多了秩序，有了格調。他說服我們相信，燉牛肉俱樂部的第一步，應當是終於宣布停止把阿爾貝里的燉牛肉當成美食品質的參數。這件事有人反抗，多年以後，每當塞繆爾想要惹惱拉莫斯，就會替油炸香蕉的優點辯護。不過塞繆爾其實什麼東西都吃，我們還懷疑，他什麼人也吃。拉莫斯讓我們領悟到，我們是在實踐一門獨特的藝術，美食是無與倫比的文化樂趣，因為沒有其他的文化樂趣帶來同樣的哲學挑戰——

要欣賞一樣東西，你需要摧毀它，崇敬和消滅是一體的；作為藝術感官感知的例子，沒有任何一種藝術能與吃相提並論，任何藝術都不能；他認為只有一個例外，那就是親手撫摸米開朗基羅的大衛雕像的屁股。他在巴黎住過幾年，到歐洲走訪著名的餐館和葡萄園是他的主意，他親自規劃，用塞繆爾的話來說，規劃得「像娘兒那樣縝密周到」。他曾經警告我們，一旦我們允許女性加入這個俱樂部，一切都會變糟。必須是那十個人，而且只能是那十個人，否則俱樂部的魅力就會消失，我們也就要完了，他真是個先知。

◈

我不知道我為什麼要把這一切告訴一個我幾乎不認識的人，也許是因為我從來沒有遇過這麼專心的聽眾。盧西迪奧一動不動地坐著，雙手交疊放在桌面，猶如一個整整齊齊的包裹，只有再喝一小口咖啡時才會打開。他始終緊抿著嘴唇，露出淡淡的笑容。時候不早了，我得回家給莉薇亞打電話，她很擔心我一個人來購物中心。我住得很近，來回用走的就可以，她常常說，由於我身軀笨重，我在街上沒有遭遇搶劫只有一個原因，那就是劫犯擔心這麼一個容易下手的目標可能只是某種圈套。我邀請盧西迪奧到我的公寓，我想讓他看看我的藏酒，還想繼續給他講我們的故事。我也不知道為什麼。在我們的耶誕晚餐上，塞繆爾引用了一句出自《愛情神話》的拉丁語，「一切都以海難告終」一類的話。盧西迪奧在船隻失事過程中找到了我，我幾乎快沉到水裡了，只有嘴巴還露出水面，在垂死之際絕望地絮絮叨叨。我需要向人傾訴我和我朋友的人生悲劇，而我終於找到一個專心的聽眾，一個不會建議我多吃纖維的人。

◈

過了很久很久，我才想起：盧西迪奧是怎麼知道拉莫斯死於愛滋病的呢？只是出於直覺嗎？他是否早就認識拉莫斯，知道他的死因，而在無意中洩露了這個訊息呢？還是他給了我第一個線索，告訴我他為何出現在我們的生活中，而且要來毒死我們呢？

2

魚鱗

有時，我覺得我對我的公寓做了我想對我的大腦做的事，我把所有雜物清理一空。公寓有兩個大房間，看起來就像隨時能辦一場永遠不會真正開始的舞會。空無一物的拼花地板上，兩條白色長沙發靠著白牆，形成一個直角，巨大的窗戶上掛著米黃色的窗簾，那是我在色彩方面唯一的讓步，更確切地說，是我對莉薇亞唯一的讓步。以前當俱樂部晚餐在我的公寓舉行時，我會把大餐桌放在兩個房間中較大的那一間中央，在一年其餘的日子裡，餐桌是拆開的，餐椅堆放在陽臺，而我在廚房的桌子上用餐。盧西迪奧嘴角還掛著那一絲的笑意，仔細打量每一樣東西，什麼也沒說。面對兩個空蕩蕩的大房間，這是唯一可能的反應。

不過在我的書房裡，牆壁由上到下鑲著木板，按照我記憶中一張兒童讀物插圖，竭力仿造出一對松鼠的家。那張插圖一直是我人生中溫馨家庭生活的理想畫面，而我也像住在樹洞一樣，靠著貯藏的堅果過冬。我清楚我每一段婚姻的失敗原因，那是因為我那三任妻子都不知道，她們在我生活中扮演的是松鼠太太的角色。就連燈檯也用附有結疤紋理的木頭做的，如同松鼠夫婦的燈檯。我喜歡的一切都在這個房間裡，在這一團抵禦著莉薇亞頻繁的文明入侵的混亂之中。報紙和雜誌散了一地，還有我的白蘭地酒杯，我的干邑白蘭地和亞文邑白蘭地。我的雪茄。簡而言之，這些是我過冬的堅果存糧。噢，還有我的電腦，我用它寫了那些讓莉薇亞非常驚慌的廢話，比如我那沒完沒了的同性戀連體嬰姐妹的故事。此刻，我一面在電腦上敲下這些文字，一面等待著斯佩克特先生的二度來訪。但我又有點說過頭了。我的樹幹也是我的電視機、錄放影機、錄影帶、音響系統和CD的家，這些是我抵抗落雪和狼群圍攻所需要的一切。還有一些書，不過是幾本講美食和葡萄酒的書，還有幾本與廣告相關，翻都沒翻過，是我和馬可仕、紹羅合開公關公司時買的，才八個月，公司就收了。我們這群人之中，只有拉莫斯讀了很多書。提亞哥會一遍又一遍閱讀偵探小說，他家中塞滿了那類的小說，因為他狂買偵探小說。保羅一放棄馬克思主義，放棄政治，到佩卓的公司工作，就完全停止了閱讀。我不知道塞繆爾的文化素養從哪裡來，也不知道他從哪裡累積了他發揮在羞辱他人上的博學。比方說，有一次，他拿亞伯與諾莉里雅離婚後的痛苦與菲羅克忒忒斯的痛苦相比。在《奧德賽》中，菲羅克忒忒斯受了傷，傷口裂開流出了膿，他的同伴覺得非常反感，於是將把他遺棄在一座荒島上。我們竭力安慰亞伯，塞繆爾卻是對哭哭啼啼的亞伯說：「菲羅克忒忒斯，要臭你自己臭吧。」但是，在酒吧的漫漫長夜，或者在街頭徘徊時，是塞繆爾傾聽亞伯述說痛苦和憤怒，直到亞伯把諾莉里雅從生命中清除為止。塞繆爾說：「沒有什麼比告解室更管用的，即使對一個墮落的天主教徒來說也是如此。」我從來沒見過塞繆爾捧著一本書，正如拉莫斯從來沒有讓我們瞥見他的同性戀生活，塞繆爾也對我們這幫人隱瞞了他的精神生活。

◈

在我的書房裡，僅有的裝飾是紹羅送我的馬可仕的畫作，他的劣作隨處可見。我沒用酒架，而是擺了兩個溫控酒櫃，還在上頭畫了假藤和假木節，這樣才像松鼠的酒櫃。我把從酒坊買來的那瓶卡奧爾收到其中一個櫃子裡，然後不顧盧西迪奧的反對，選了一支八二年的歐姆佩茲，準備立刻開來喝。我正在開酒瓶時，電話響了，是莉薇亞，我忘記打電話向她報告我這一天的情況。

「你都在忙什麼？」

「沒什麼。」

「我打了三通電話了，你剛才去了哪裡？」

「我在購物中心和人聊天，現在有個朋友和我在一起。」

「不會是塞繆爾吧！」

莉薇亞害怕塞繆爾。聚餐以外，他是唯一一個會經常拜訪俱樂部其他成員的人，努力讓我們保持團結，維持友誼，儘管他有點陰沉的身影只會提醒我們歲月對做了我們所有人做了什麼，儘管他上門時一心只想說別人的壞話。塞繆爾仍然保有年輕人的胃口，但隨著時間的流逝，他變得越來越消瘦，他那疏於保養的牙齒和黑眼圈給他一種頹廢的神態，他積極炫耀著這種神態，彷彿要強迫我們正視自己的現實，是我們的失敗讓塞繆爾的背駝了，是我們的失信讓他的臉龐刻滿了皺紋。塞繆爾眼睛深邃，嗓音粗啞，二十年前，在女人面前，我們中沒有人能像厭惡女性的塞繆爾那樣吃得開，就連保羅也沒有他受歡迎。保羅把自己的老二比成吸票機，無論何時何地，都可以用來吸引不同年齡與各種類型的女性選民，塞繆爾說他是混蛋。有一次，為了把塞繆爾弄出監獄，我們不得不藉助集體影響力去動用關係。塞繆爾打了一個女人，而那女人竟然有高層朋友，還向警方投訴。佩卓認為我們應該把他留在裡面，給他一個教訓。也許他是知道了塞繆爾做了我們這一群人——除了拉莫斯都想做的事：和佩卓的老婆瑪拉上床，那個皮膚白皙、頭髮又長又直的瑪拉。我們否決了懲罰塞繆爾以達殺雞儆猴之效的主意，燉牛肉俱樂部是互相照應的夥伴，這不只關係到讓塞繆爾擺脫困境，更是考驗著我們在這座城市的影響力。塞繆爾告訴我他已經不行了，連打女人也不再能使他亢奮起來，他甚至炫耀自己的陽痿，來譴責我們過去二十年裡錯過的一切人生經歷。「我是為了你們才這麼做的，你們這些混蛋，我軟趴趴的老二是我們這群人裡的基督，死在十字架上，就是為了你們，它才變得不行！」莉薇亞確信塞繆爾是一條毒蟲，想抓住我的腳踝，拖我墜入他的地下迷宮，離地獄很近，離她很遠。「他連看起來都像條蟲子。」她常常這麼說。

「不是，莉薇亞，不是塞繆爾。」

「那是誰，津？」

津是津尼奧的簡稱，津尼奧是丹尼爾津尼奧的簡稱。我找到我的松鼠太太了。

「你沒見過的人。」

我差一點就告訴她，和我在一起的人與塞繆爾根本完全不同，他是一個彬彬有禮、和藹可親、舉止優雅的新朋友，我推測他還有一副好牙，對任何人都沒有威脅。

我當時根本都不知道。

◈

就在那個晚上，今年二月底的一個晚上，盧西迪奧給我看了那片魚鱗。一個護貝過的小魚鱗，長約兩公分，膠膜上印著一個白色的表意文字，與魚鱗本身的紅色形成對比。他小心翼翼從錢包裡拿出來，我不知道他是不是隨時都把魚鱗放在錢包裡，也不知道他是不是事先排練過這一幕。盧西迪奧把魚鱗拿在我眼前說：

「我是西方世界唯一擁有這種東西的人。」

「這是什麼？」

「河豚的鱗片。我加入一個秘密社團，每年在日本的串本市聚會一次，吃新鮮的河豚。這個社團中，只有我和一個中國男人不是日本人，或者應該說過去只有我們兩個，他在上次的聚會上死了。」

「怎麼了？」

「中毒。河豚是一種有毒的魚，如果沒有由受過特殊宰殺訓練的專家處理，毒素幾分鐘內就可以殺死人。這個中國人八分鐘就死了，死狀悽慘。」

我笑了笑，起碼我覺得我笑了，我笑只是想看看這是不是個玩笑，但是盧西迪奧那一抹笑容消失了，他不是開玩笑。他繼續說：

「一個河豚師傅要三年才能出師，每年社團會安排一場像是期末考的檢定，決定誰能獲得河豚大師的頭銜。一期永遠有十個學徒，每個學徒都請一個自告奮勇的人品嘗他為考試準備的新鮮河豚，如果魚肉沒有處理妥當，那人會在幾分鐘內死亡。」

「那學徒會怎麼樣？」

「再學藝一年。」

「這個社團是由這些志願者組成的……」

「沒錯，一個十人組成的社團，由於不及格的機率是百分之三十，每一次檢定平均有三名志願者死亡，所以社團不停有新的成員加入，但是想加入社團的人很多，我等了七年。」

「參加檢定對志願者有什麼好處嗎？」

他微微一笑，這一次他的笑容簡直是理所當然。

「我沒料到你會問這樣的問題……」

「所以是為什麼……」

「丹尼爾，世界上沒有任何美食比得上河豚生魚片的滋味，面臨死亡風險讓吃河豚的樂趣變成了三倍。你可能在幾秒鐘內死亡，這種可能產生了一種化學反應，給河豚提了味。在日本，誰都可以吃到專業廚師處理的河豚，而且風險很低。但是，就只有在串本市，一年才這麼一次，你可以吃河豚，同時很有可能吃下第一口就死了。這是無可匹敵的美食經驗，因此它是一個秘密社團，也是世界上最難進入的美食俱樂部。他們對外的說法是，根本沒有這種考試。」

「那你是怎麼知道的？」

「我碰巧對一位日本朋友說，我嚐遍了天下美食，我想我不太可能再有新的美食體驗。他說：『你想打賭嗎？』說也奇怪，我們也是在一個酒坊偶遇。」

「他是那個社團的成員。」

「沒錯，說來很諷刺，我補了他的空缺，他死得很快樂，他有兩片魚鱗。」

「兩片？」

「誰能活過十次聚會，也就是十年，就會得到一片這樣的魚鱗，他在恐懼中吃了二十年的河豚。」

「膠膜上面寫的是什麼？」

「這是一個日語的表意文字，有多種翻譯方式，可以被翻譯為『所有的欲望都是對死亡的渴望』，或者『飢餓是失聰的車夫』，或者『聖人和智者用相同的牙齒吃飯』。」

「就一個表意文字，能有這麼多意思？」

「你也知道那些東方人。」

「你參加過多少這種檢定？」

「十七次。」

盧西迪奧向前傾著身子，好像要低聲吐露一個秘密。

「每一次都讓我勃起得更厲害。」

我們喝掉兩瓶歐姆佩茲，還有幾杯干邑白蘭地，但是盧西迪奧一刻也沒有放鬆他那僵硬的姿勢，也沒有斂起他那關切的淺笑，甚至連領帶也沒有鬆一鬆。當我說我餓了，他主動說要替我煎一份歐姆蛋。我許久沒吃過這樣的歐姆蛋了，外層煎得焦褐，裡面仍舊濕潤滑嫩，像仙水甘露那樣滑到盤子上。他在巴黎住過一段時日，學會做歐姆蛋。我們談論歐姆蛋和做歐姆蛋的秘訣，談了一個多小時。我問他，除了歐姆蛋以外，他還有什麼拿手好菜，他說他精通傳統法國菜，他的法式烤羊腿尤其做得不錯。我不記得當時有沒有跟他提起，那恰好是我最喜歡的菜，現在我知道了，那不是巧合。我告訴他，下個月燉牛肉俱樂部就要舉辦新的一年的第一頓晚餐，我很擔心，因為這一頓由我負責，而且非常重要。今年，俱樂部要麼走出拉莫斯死後的低迷，否則就是繼續低迷下去。在提亞哥家那頓悲慘的耶誕晚餐後，我們這十個人其實很難再坐到同一張桌子上，更不用說那些女人了。二十一年來，十個成員歷任的妻子或情人加一加，總數恰好是二十人，包括我的三任妻子、吉賽拉（亞伯和諾莉里雅離婚後收養的少女）與佩卓在瑪拉之後交往的兩個女人，佩卓其中一個交往對象在被介紹給塞繆爾認識時，突然歇斯底里地哭了起來，顯然她以前就認識塞繆爾了。據我所知，六名成員那時有伴侶，莉薇亞拒絕與晚餐有任何牽扯，還不時要求我離開這群人，利用「決裂」作為開始採取適當飲食的起點，嘗試重建我的生活。如果我願意，我可以回去工作，或者出版我那些稀奇古怪的故事。

◈

盧西迪奧提議由他來幫我準備晚餐，我接受了，主要是因為我想把他介紹給其他人認識。他說他寧願保持匿名，他不會成為俱樂部的一員，他會待在廚房裡。我建議他做烤羊腿，但他說了一句當時我覺得很有趣的話。

「不，我要把它留到最後。」

他去廚房轉了一圈，把我的鍋碗瓢盆清點一番。

◈

我說要幫盧西迪奧叫計程車，他拒絕了（「我就住在附近」）。儘管我覺得我們已經很熟了，他和我握手時，還是雙腳併攏，行了一個簡短而正式的鞠躬。他離開我的公寓五分鐘後，莉薇亞就打來了電話，她總是在深夜給我打電話，調查我吃了什麼，是否吃飽穿暖。

「津，跟你在一起的是誰？」

「我以後再告訴妳。」

「是女人嗎？」

「不是，我以後再告訴妳。」

「到底是誰去了那裡？」

◈

在離開之前，在記下我的電話號碼之後，盧西迪奧問我他能不能給我一個忠告。關於晚餐的忠告。

「當然行，說吧。」

「不要邀請女人。」

3

第一頓晚餐

第二天，盧西迪奧打來了電話，開頭先解釋自己是誰。「我給你煎了歐姆……」我打斷他。「對，對，你好嗎？」他說，儘管還有兩週的時間，他已經在準備晚餐要用的食材。他決定好要做什麼了——勃艮第紅酒燉牛肉。

「哦，亞伯會很喜歡，那是他的最愛。」

「對，我知道。」

他是不是說了「對，我知道」？我不知道。他問我廚房裡有沒有一件他需要的特殊器具，我說有。他又問我們對上菜的部分有什麼安排，有人來幫忙嗎？我說我的繼母會派她自己的僕人來。他說他寧願獨自工作，他掌廚，我上菜。我說：「好吧。」我要給他買菜錢，他說：「那個我們之後再算。」然後又說：

「你跟其他人說了嗎？」

「還沒有。」

「從亞伯開始聯絡吧。」

這就是我需要的，另一個對我發號施令、試圖安排我的生活的莉薇亞。但是我承認，我頗喜歡他的多管閒事，儘管他為人拘謹，笑容僵硬得可怕，但他很有趣。我迫不及待想把他介紹給其他人認識，看看他們對他的河豚和秘密社團的故事有什麼反應。他還有什麼壓箱故事可以講呢？我喜歡稀奇古怪的故事，故事越是不可思議，我就越有可能相信。此外，不用獨自面對新的一輪的第一頓晚餐，還有新奇的東西呈現給我的同伴，這真是太好了！也許這正是我們所缺少的。也許盧西迪奧會解決我們所有的人生問題，沒錯，要恢復我們的團結意識，要從拉莫斯死後我們所陷入的痛苦和相互指責的漩渦中拉起我們，就需要一個願意冒著生命危險去品嘗毒魚的人。畢竟，我們是美食家，不是被詛咒的一代，也不是由於猜疑而四分五裂的宗教團體。就算他捏造了那個河豚故事好了，那也讓人得到了鼓舞。如果單憑歐姆蛋就能判斷一個人，那麼這頓晚餐一定非常精采。

◈

我首先與亞伯聯絡。我料得沒錯，他對維持俱樂部並沒有表現出多大的熱情。

「我不知道，丹尼爾，也許今年我們應該休息一下。」

「亞伯……」

「上次的晚餐太痛苦了。」

「主菜是紅酒燉牛肉，亞伯。」

「哦，真的嗎？」

看來不需要再勸他了。

「你會做你的拿手甜點嗎？香蕉口味的那個？」

「會，亞伯。」

「那麼，老時間見，九點？」

「老時間見。」

然後我打給喬昂，他也很勉強，他可能來，也可能不來。他其實正在考慮離開俱樂部，耶誕晚餐讓他覺得該停止了。「否則，我最後會揍保羅一頓。」二十一年來，喬昂只有缺席過一次俱樂部晚餐，那時他搞到幾個人虧了錢，他們要他拿命來還，他只好東躲西藏。塞繆爾認為，那些人暴露出對於資本主義精神駭人的無知，他建議債主，與其要喬昂的命，不如打斷他幾根骨頭，但留下他賺回他們的錢所需要的骨頭。塞繆爾甚至擬了一份單子，列出喬昂賺錢還債不會用上的骨頭。不過，幫喬昂最多的也是他，他甚至讓喬昂躲在他的公寓，不讓那些憤怒的債主找到。他定期給我們帶來這個躲債人的消息。「他精神超好，我甚至無法說服他自殺。」他引用一句他常用的那種隱晦名言作結論：「人類最大的自我欺騙之一就是心存懊悔。」

「為什麼不再試一次，喬昂。再怎麼說，我們也聚了二十一年。」我說。

「我不知道……」

最後，喬昂還是從塞繆爾的公寓避難所與債主達成協議，但他並沒有就此改過自新，他打小就是個騙子，憑著天賦可以從別人那裡套出錢來，再編藉口解釋為什麼錢不見了。他遇過數次的難關，這只是頭一關，這些難關毀了他婚姻與好名聲，但沒有毀掉他的幽默和講笑話的功力。在我們的耶誕晚餐上，當喬昂又說起笑話時，保羅大喊：「哦，不！」指責他是完美的巴西菁英形象，漫步穿過廢墟，甚至是自己人生的廢墟，打著自己無足輕重的旗子，作為安全通行證，也作為預先的告解。保羅說，在這樣的時刻，再講笑話簡直是荒謬可笑。喬昂顯然沒有悔悟之心，但可能還曉得禮貌，知道不該再講笑話了。而對於保羅的那番話，喬昂的回應是，至少他不是一個共產主義者，最後去舔我們實業家佩卓的靴子，為佩卓的公司捍衛罷工者的攻擊，就像他當議員時攻擊資本主義那樣慷慨激昂。當時，亞伯試圖讓他們冷靜下來，結果也被保羅咬了一口。保羅說他不想忍受他聖潔的語氣，一分鐘也不想忍受，尤其是因為眾所皆知，亞伯不只是里約熱內盧州最流氓狡詐的律師，還是一個戀童癖……最後，吉賽拉追在保羅的後頭，想把她的身分證湊他的鼻尖，證明她已經十八歲了，這才結束了爭執。最後，塞繆爾說了一句拉丁語：「Si recte calculam ponas, ubique naufragium est.」結果看到人人露出深切期待的表情，對他那該死的博學感到不耐，所以他翻譯了那句話：「不管你的計算多麼精確，一切都以海難告終。出自佩托尼奧的《愛情神話》。」沉默了大半天後，保羅說：「噢，去你的，塞繆爾。」塞繆爾舉起酒杯，說：「保羅，也祝你聖誕快樂。」晚餐結束時，保羅的新婚妻子和青春洋溢的吉賽拉已經快要打起來了。

「那麼，九點鐘見，喬昂。」

「到時候再說吧。」

◈

糟糕的耶誕晚餐結束時，只剩下我、保羅、保羅的老婆和我們的主人提亞哥，全部人都酩酊大醉，開始對當晚發生的事情進行事後分析。保羅捧著我的臉說：

「丹尼爾，我這輩子都幹了些什麼？我這輩子都幹了些什麼？」

我幾乎睜不開眼睛。保羅的老婆在沙發上睡著了，這群人中唯一差不多和我一樣胖的成員——巧克力小子提亞哥正在跳舞，把一瓶干邑白蘭地抱在胸前。

「我只是一坨狗屎。」保羅喊著，手仍然緊捧著我的臉。

「不，我才是一坨狗屎！」提亞哥喊道。「你知道我是什麼嗎？」

「不，我才是一坨狗屎！」保羅堅持。

「你知道我是什麼嗎？徹徹底底的失敗者。」

「聽好了，我是一坨狗屎！」

「我是一坨失敗的狗屎，我是一坨比你還大坨的狗屎。」

保羅為了抓住提亞哥的頭，放開了我的臉。

「聽好了，我是一坨比你們都還要大坨的狗屎！」

「為什麼？」

「因為我比你們都強，我是最棒的！你們這些傢伙沒出多大的勁就變成了一坨狗屎，但我的墮落之路可漫長了，所以我是我們當中最大的一坨狗屎。」

提亞哥把干邑白蘭地酒瓶往地上一砸，捧起我的臉，問我的意見。

「丹尼爾，你認為誰是最大的那坨狗屎？」但是我沒有資格做出客觀的判斷，我們都是狗屎。幾年前，有傳言說保羅把藏匿的同黨的姓名和地址給了秘密警察，我們從未設法弄清真相，燉牛肉俱樂部是互相照應的夥伴。

◈

令我驚訝的是，每個人都出席了新一輪的第一頓晚餐。盧西迪奧向我要了每個人的地址，給每個成員寄去一份他用電腦精心製作的菜單，上頭還印著老派的蔓葉花飾，下面寫著一句話，聲明晚餐只招待男士。自從拉莫斯死後，我們就沒做過這麼別出心裁的事。兩個星期以來，盧西迪奧在我的公寓進進出出，總是非常得體，非常優雅，為重要的這一夜做好一切準備，對於細節表現出一種近乎強迫症的執著，只是那是一種謹慎且井井有條的執著。很幸運，他來的時侯都沒有撞上莉薇亞來檢查。其實，現在這麼一想，我發現莉薇亞從來沒有與盧西迪奧照過面。晚餐那天，他早上七點就到了，在廚房待了一整天，我遵照他的吩咐，只進去過一次，準備我的香蕉甜點。那時，我看到他繫著一條幾乎長到腳踝的大圍裙，戴著正式的廚師帽。當然，還打著領帶。

◈

第一個到的是安德烈，他替補了拉莫斯在俱樂部的位置。他擁有一家製藥公司，由於喬昂前不久經歷財務危機，佩卓的公司瀕臨破產，安德烈可能是我們當中最富有的。安德烈加入俱樂部兩年了，卻還沒有好好融入這個團體，對於保羅的囉唆、塞繆爾的霸道和俱樂部的混亂傾向抱有某種畏懼。他是紹羅推薦的成員，紹羅是他公司的公關專員，他請我們到他的豪宅吃過兩次晚飯，兩次都上了他的拿手菜——西班牙海鮮鍋飯。他個性靦腆，溫文儒雅，比我們其他人都年長得多。他的老婆做了太多的整容手術，臉皮繃得很緊，在耶誕晚餐上，塞繆爾對她丈夫說了一句評語，她聽了憤慨填膺，直到安德烈解釋說「混蛋」是一個表達感情的用語，塞繆爾使用的是「混蛋」的正面意義，她才釋懷。可憐的安德烈，他加入俱樂部是希冀得到文明人的愉悅陪伴，就像她老婆初次見到我們時所說的，「菁英中的菁英」（她誤說成了「青英中的青英」）。結果他卻發現自己置身於沒完沒了的私人派對，賓客怨氣滿腹，紹羅還坐立難安，留意著他的一舉一動，憂心我們的怪行怪狀會對他們的商業關係產生不良影響。我不知道安德烈為什麼不乾脆退社算了，就連食物也不能彌補他與我們相處的顯著不安，因為隨著我們誤解的加深，晚餐也越來越糟糕。不過紹羅指出了重點，對於一個以西班牙海鮮鍋飯為烹飪基準的人，你很難指望他有良好的判斷力。

「我喜歡列印出的菜單。」安德烈說。

塞繆爾隨後到了，手裡揮舞著同樣的菜單。

「這是誰想的低級趣味？這正是拉莫斯會做的那種事。」

很巧，喬昂和保羅同時到達。他們在電梯裡顯然沒有交談。喬昂留在客廳，保羅走進我的書房，他不想和任何人說話。提亞哥也悶悶不樂，一屁股坐在沙發上。紹羅和馬可仕如往常一樣聯袂出席，紹羅提醒我他可能要早走。亞伯的第一個問題是問保羅來了嗎，因為他想避開保羅，他說他是為了我才來的，因為這是我主辦的晚餐，但他正在認真考慮退出。最後赴宴的是佩卓，人還沒到，他的鬍後水的味道已經飄進來了。他跟他母親住在一起，我們懷疑他母親妮娜夫人仍然每天給他洗澡。當佩卓進來時，一些人在書房，靜靜看著電視，一些人懶洋洋躺在客廳的白色沙發上，又悲傷又平靜，彷彿接受了沒有人會邀請他們跳舞的事實。如果我必須選擇一幅畫面來總結燉牛肉俱樂部的淒涼結局，那就是它了。只有安德烈和我在說話，他是出於緊張，而我是出於禮貌或衝動。佩卓一到，我就把每個人都叫到客廳，然後去拿香檳。在廚房裡，盧西迪奧指指他準備好的一大盤法式開胃點心，吩咐我上完香檳再回來拿。在客廳，我們像往常一樣敬酒，只是這次氣氛有些拘謹。首先，「為食欲乾杯」，然後是「為拉莫斯乾杯」。塞繆爾提議第三次敬酒，「為我們的友誼乾杯」，這個建議只得到安德烈的附和，接著他意識到這句話其實是諷刺。我去拿來那盤開胃點心，分給每個客人嚐嚐。保羅問誰在準備餐點，因為廚房飄出非常誘人的香氣。我說是一個驚喜，但一開口就住嘴了，因為那一刻，我看見了喬昂的臉。喬昂剛剛大口吞下一個盧西迪奧做的開胃點心。

◈

說他臉龐一亮，那是文學裡用爛了的形容，但喬昂的臉龐的的確確是亮了起來。他高興得臉都紅了。今時今日，當我回想第一頓晚餐和它的結果時，記得最清楚的就是那一刻。喬昂的情緒感染了我，我現在仍然深深覺得感動。多年來，我頭一次重新發現了一種感動：從朋友的快樂中獲得快樂的感動。於是，我心想，我們仍然可以戰勝時間，我們這一群人仍然可以得救，我仍然可以得救。畢竟，並非一切都以海難告終。我不知道喬昂是不是比我們其他人更混蛋，這取決於隨著每一代人所改變的主觀標準，但那一刻我想起了二十一年前的喬昂，那時他還沒有學到，如果笑話還沒講完就開始大笑，笑話就沒效果了。我們在座的其他人會試圖阻止他發出笑聲，當他成功說出笑點時——「不，我的法衣不是青銅做的！」——整個餐廳就會爆出一陣掌聲。我看著亞伯，可憐的亞伯，在那一刻，他像喬昂一樣，欣喜若狂到說不出話來。開口的是佩卓：「這開胃點心真好吃！」接著其他人都「嗯嗯啊啊」表示贊同。我嚐了一塊，它是用洋蔥泥和奶酪做成的，但肯定還有其他材料，不管是什麼，我都明白了喬昂為什麼會容光煥發，亞伯為什麼會露出幸福的表情。當亞伯終於能夠開口說話，他說的是：「神奇的時刻，各位，神奇的時刻！」

◈

整頓晚餐都好極了。開胃點心之後是醋醃洋薊心，當我從廚房端出紅酒燉牛肉時，亞伯一看就驚呼：「我的天啊。」一整桌人熱情喊著迎接我，他們想知道那個神秘的廚師是誰。我告訴他們盧西迪奧的事，或者我所知道的少許事。我們在酒坊相遇，他那完美的歐姆蛋讓我接受了他替大家做菜的提議。還有，他那個河豚和秘密社團的故事。某人說：「這傢伙根本不存在，你在編故事吧！」保羅說他以前在書中讀過關於這類社團的故事，但那是一本小說。「不是真的。」佩卓說，他嘴裡塞滿了肉。「他是在開玩笑。」提亞哥說盧西迪奧很可能是一個大騙子，甚至可能是我捏造出來的，但他的確是一個了不起的廚師。馬可仕說：「那個人是天才！」堅持要我把他從廚房裡帶出來，以證明他的存在，同時接受大家的掌聲。「冷靜點。」我說。在吃完我這輩子吃過最好吃的紅酒燉牛肉以前，我絕對不離開我的座位。亞伯閉上眼睛咀嚼，又說：「我的天！」吃完之後，他鄭重宣布：「我現在死而無憾了。」笑得最大聲的是保羅。大家和解了，盧西迪奧把我們從懸崖邊上拉回來了。

在廚房裡，盧西迪奧告訴我，紅酒燉牛肉只剩一人份，只夠一個人吃。我把消息告訴大家，有人想再來一份嗎？有些人根本不回答，只是發出呻吟，暗示飽了就好。但亞伯說：

「我抗拒不了，我還要再吃。」

我從廚房拿了最後一份紅酒燉牛肉放在他面前，其他客人開始鼓掌。幾秒鐘內，亞伯把盤子一掃而空。

◈

我沒有為那頓特別的晚餐吝惜了我的波爾多葡萄酒。我端上甜點，宣布我們的廚師很快會出現在大家面前，一圈幾乎摸得到的喜悅光環籠罩著圍桌而坐的眾人。我的香蕉甜點沒有讓人失望，大夥讚不絕口。「好一頓飯！」馬可仕讚嘆。喬昂從椅子站起來，在我頭頂吻了一下。「真可惜拉莫斯不在。」亞伯含著淚水說，每個人都同意他的話。我送上咖啡、雪茄和干邑白蘭地。按照傳統，這是屬於拉莫斯的時刻，他總要起身發表長篇大論，一手端著一杯白蘭地，一手拿著一支雪茄誇張地揮舞著。在他死後，在酒足飯飽的一刻，沒有人能取代他演說家的地位，那一刻也永遠不會再像以前一樣了。十年前，有一次拉莫斯起身，站了大半天，深情地望著我們，然後才開口說話。他看著我們，一個接一個看過來，好像在祝福我們。他說：「把握住這一刻，有一天，我們會想起它，我們會說：『那是我們最美好的時刻。』我們會拿它與我們生命中的其他時刻比較，我們會說，再也沒有哪個時刻像現在這一刻了。當然，我們會再次滿足我們的胃口，因為那是胃口的神聖本質。我們不會每天都想看甜膩的梵谷，聽巴赫潑辣的賦格，或是和性感萬千的女人做愛，但我們每天都想吃；食欲是反覆出現的欲望，是唯一反覆出現的欲望，因為視覺、聽覺、性和權力的欲望都有結束的一天，但食欲會仍舊存在，人可能永遠聽膩了拉威爾的音樂，但他對義大利餃子的厭倦，最多只有一天。」我是靠記憶記下的；他當時也可能說的是「帕海貝爾」和「白醬」，而不是「拉威爾」和「義大利餃子」。拉莫斯說：「但即使我們像現在這樣滿足我們的胃口，我們也永遠不會像現在這樣一樣滿足，滿意於自身的美德，滿意於我們從友誼、食物、生活，還有干邑白蘭地所得到的樂趣。」然後他舉起酒杯，邀其他人也這麼做。「紳士們，歡慶吧！我們正處於巔峰時期。」每個人都喝了。然後他說：「紳士們，哭泣吧，我們的衰落才剛剛開始。」我們全又喝了一杯，覺得更加快活。那天晚上，散席時，已經是凌晨五點了。

◈

亞伯站了起來。從拉莫斯死後，頭一回有人要在我們喝干邑白蘭地時發表講話。

「丹尼爾，關於你招待的晚餐，我只有一句話要說。」

我們都期待著。亞伯一字一頓強調：

「真是他媽的好吃！」

大家都鼓掌起來。安德烈很感動，我們從他的眼神重新發現了我們的魅力，此刻更像是他久仰大名的燉牛肉俱樂部。大家把白蘭地酒杯舉向亞伯。從某個角度來說，他呼應了拉莫斯的「飽足論」，在拉莫斯祝福我們十年之後，我們或許沒有重返我們的巔峰，但是我們接近了，接近了我們最輝煌的時刻，接近了我們逝去的人生，接近了拉莫斯。這就是亞伯大致的意思。可憐的亞伯，如同《聖經》中的故事，成了第一個死去的人。

幾個月後，在第六個人死了之後，在七月守靈儀式之後，我提醒塞繆爾，那晚，盧西迪奧最後得意洋洋在餐廳亮相，他接受眾人喝采時說了一句話。喬昂從椅子上站起來，跪在盧西迪奧面前，要求親吻他的手。盧西迪奧說：

「『讓我先擦一擦，上頭有死亡的味道。』」

「這是別人說的話。」塞繆爾說：「出自《李爾王》。」

該死的塞繆爾。

4

性欲論

在我有需要的時候，我的繼母總是會派僕人來。我知道她和莉薇亞經常見面討論我的生活，我想是我的涼鞋造成的，她有點怕和我待在一塊，寧願遠遠地扮演她的角色，必要時派遣她的清潔部隊和保養大軍來協助我。我們以前就說好了，在晚餐過後的隔日上午，她會派人來洗滌鍋盤，打掃廚房，收拾公寓。對講機的嗡嗡聲把我從睡夢的深淵中打撈起來，我像一條頑劣的魚，慢慢浮出了水面。我開門時，仍然昏昏沉沉，兩個年輕女人嚇了一跳，儘量不去看我裂了大口的內褲。這時電話也恰好響了，是莉薇亞打來的，她想知道晚餐的情況。

「很棒，棒到了極點，這是我吃過最美味的紅酒燉牛肉。」

我告訴她一切都很順利。氛圍溫馨，我們重修舊好，盧西迪奧在眾人中引起轟動，我們聊到深夜，氣氛很熱烈。這一切讓莉薇亞非常失望，她悶悶不樂掛斷了電話。她的祈禱沒有應驗，燉牛肉俱樂部重獲新生，將繼續下去。

我正準備再倒頭回去睡覺時，電話又響了。這次是提亞哥，他剛從吉賽拉那裡聽到噩耗。亞伯死了。

◈

除了安德烈以外，我們都出席了守靈儀式。吉賽拉站在一群陌生女人中間哭泣，大概是她的家人，我們不知道亞伯是在哪裡認識吉賽拉，對她一無所知，她始終沒有給我們留下什麼印象，而她對我們也有一點不屑。有一次，她參加我們的晚餐，帶了一個加蓋的盤子，裡面裝著米蘭牛排和馬鈴薯泥。她說她吃膩了那些做作的食物，我們都驚愕不已。我往四周看了看，想找亞伯的父母，但沒有見到他們。亞伯離開他父親的事務所時，跟老頭子吵了一架，他的母親則是從來沒有原諒他脫離教會。諾莉里雅來了，緊緊抓著她與亞伯的兒子，她的兒子只比吉賽拉小個幾歲。亞伯的六個兄弟分坐在教堂各處，沒有一個人過來找我們。塞繆爾看起來比平時更加陰鬱，像往常一樣，他把一切都安排好了。在拉莫斯臨終時，即使已經習慣塞繆爾的矛盾和殘忍的我們，也對他的麻木不仁感到震驚。「我不探望同性戀的。」他解釋為什麼在拉莫斯要走的那一天也不肯去醫院看他。但是他安排了拉莫斯的葬禮，悲傷讓他的黑眼圈和臉上的皺紋更加明顯。當我開始徹底檢驗全部人都會死的臆測時，甚至想到塞繆爾被留到了最後，為的是讓他張羅葬禮，把每個人的死記錄在他的面容上，就像記錄在古老的紙莎草紙上。

「是他的心臟出了問題嗎？」我問。

「我想是的。」塞繆爾說：「他心臟肯定早有問題，只是從來沒告訴過我們，他家那個蘿莉塔說他在天亮時開始覺得不舒服，接著變得很嚴重，他不想讓她請醫生。我敢打賭，他是騎在她身上時死的，那個混蛋。」

「不可能是食物吧。」紹羅說：「我們都吃一樣的東西，我一點感覺也沒有，你們呢？」

沒有人感到異常。說實在的，誰也沒有亞伯吃得多，而且後來也沒有誰跟吉賽拉上床。一定是心臟問題。儘管如此，我還是去找個電話，打給了安德烈。沒有，他也沒有異樣的感覺，他不知道亞伯死了，沒有人告訴他，真是太不幸了，他那天下午晚些時候會設法出席葬禮。我說他未必一定得到，俱樂部已經有代表出席了。他說他無論如何都會來。然後他問：

「下個月的晚餐還會繼續嗎？」

前一天晚上，我們一致同意由安德烈擔任下個月的東道主，他建議再請盧西迪奧來做晚餐，或者那是盧西迪奧的建議？不管是誰提出的，全體熱情地接受了這個主意，可憐的亞伯表現尤其熱烈。

「哦，會。」我回答。

二十一年來，我們從來沒有因為某人逝世而取消晚餐，就連我母親走了那次也沒有，更別提拉莫斯的死。在拉莫斯死後的第一頓晚餐，餐桌留了一個位置給他，我背誦他在松露晚餐上發表的〈性欲論〉，起碼背誦了我所記得的內容。自此以後，每頓晚餐前，我們總要喝香檳敬酒，永遠為食欲乾杯，也為拉莫斯乾杯。是的，盧西迪奧掌廚的第二頓晚餐會繼續舉辦，為可憐的亞伯乾杯則會加入重新復甦的俱樂部的儀式中。

◈

我回到其他成員的身邊一塊守靈，我告訴他們安德烈身體無恙，然後為了找點什麼話說，就問剛剛有沒有發生什麼。我不擅長保持沉默。喬昂說，沒事，除了亞伯從棺材裡跳出來，繞著教堂跳了幾步探戈，然後又躺下來。沒事，什麼事也沒有發生。吉賽拉在她的親屬護衛隊後方指著我們，我聽見她說：

「就是在那個胖子家裡。」

◈

只有塞繆爾和我留到守靈儀式結束，其他人先離開了，等到葬禮的時候再回來。下午三點左右，莉薇亞過來瞧瞧我還好嗎，是否需要什麼。她既沒有瞻仰死者遺容，也沒有瞧塞繆爾一眼，就直接走了。接著，我的心突然一陣亂顫，瑪拉出現了。她吻了我的雙頰，沒有理會塞繆爾。我上次見到她是拉莫斯過世時，她每一場葬禮都變得更加迷人。我跟著她走出教堂，她問我站在我旁邊那個人是誰，我才明白她根本沒認出塞繆爾。

「哦，妳不認識的人。」我說。

「你看到了嗎？」塞繆爾後來說：「她假裝沒注意到我。」

◈

等到葬禮時，亞伯的父母親出現了，他們立正站在棺材旁邊。牧師正準備說話。吉賽拉站在那裡，腳跟併攏，雙臂張開，好像一個芭蕾舞演員，由幾個可能是她家人的女人攙扶著。諾莉里雅站在兒子身後，雙手搭在他的肩上。我猜牧師是他們家族的老朋友，他說，對教會來說，亞伯失去了擔任牧師的天職，但就在那一刻，他懺悔的靈魂回歸了教會，亞伯的母親點頭肯定。可憐的亞伯。

◈

諾莉里雅摟著兒子從我們的身邊走過，連一眼也沒看我們。吉賽拉憤怒地瞪著我們。燉牛肉俱樂部留下一長排慍懟的女人，儘管我們毀了多椿婚姻，但這是我們頭一次在晚餐餐桌上殺了別人的丈夫。

◈

有兩星期的時間，我沒有收到盧西迪奧的任何消息。我把他的電話號碼給了安德烈，讓他們安排下一次晚餐。第一頓晚餐那個晚上，大家商量好要吃西班牙海鮮鍋飯，但這次要做的是西班牙和西方世界都從未見識過的海鮮鍋飯。盧西迪奧說，他的食譜來自一個曾為西班牙殖民地的印度洋島嶼，海鮮鍋飯在那裡改變了很多，最後與原始做法完全不同，區別主要在於使用的大蒜品種，以及加了一種島上獨有的檸檬味香草。幸運的是，盧西迪奧手上有一些這種香料，還有大量他所需要的巨型蒜頭，這種大蒜現在只有東非才產。兩星期後，他打電話給我，我開玩笑問他有沒有河豚一類的有毒食材，盧西迪奧沒有回答我的問題，只是說：

「聽到亞伯走了，我很難過。」

「我只是開個玩笑。」

「他心臟病發作，是不是？安德烈是這麼告訴我的。」

「看來是這樣，但你也知道情況，一個嫩妻和……」

「我想請你幫個忙。」

盧西迪奧沒有幽默感，他永遠掛著微笑，但嘴唇從不分開。幫什麼忙？他希望第二頓晚餐能在我的家舉辦，在安德烈的家顯然有困難，他老婆會插手，她已經向丈夫說得很明白，她不會把廚房交給盧西迪奧，她要求允許監督他的一舉一動，並且有權否決。這樣的條件下，盧西迪奧無法做菜，尤其因為他的海鮮鍋飯不是他平日擅長的傳統法國菜，而且也需要另類的步驟，我的廚房設備較好，比較方便。我說，安德烈沒問題，我就沒問題。於是就這麼說定了，晚餐仍然是安德烈做東，他支付所有的開銷，並且帶葡萄酒來，但在我空蕩蕩的公寓舉辦。

大家都來了。安德烈帶著他的葡萄酒，在傍晚時分抵達。盧西迪奧允許他進廚房查看食材，但只讓他待五分鐘。盧西迪奧下廚時，我們坐在書房。安德烈問了我關於亞伯的各種問題。我認識他很久了嗎？我說打小就認識。我們這一群幾乎都是從小就認識了，馬可仕和紹羅以前是我家鄰居，和我住在同一條街上。他們兩人形影不離，我們都叫他們連體嬰。提亞哥、佩卓、亞伯、喬昂與保羅也住在小鎮的同一區。到了青春期，大家反而走得沒那麼近。亞伯參與許多教會活動，我們知道他不會胡作非為，也懷疑他還是個處男，就算我們一再堅持，他還是不想認識我們都搞過的米琳。保羅成了學生領袖，跟我們其他不屑政治的人疏遠了。佩卓也不怎麼跟我們混，他過著與世隔絕的生活。他沒有上學，但請了私人家教，學習管理，準備接手家族企業。除此之外，他的母親妮娜夫人對於傳染這件事異常恐懼，不能忍受她的小佩卓接觸到這個世界的不潔，她認為我們也屬於不潔之物，特別是我，我從小就有「多嘴敗類」的綽號，這不是沒有原因的。當我頭一次看到瑪拉與佩卓在一起，就猜到妮娜夫人已經選她做兒媳了，沒有人比她更白皙，顯然也沒有人比她更乾淨。沒有人知道塞繆爾打哪裡冒出來的，但他還是悄悄混進了我們這一群。他沒跟我們住在同一區，我們也從不瞭解他的家庭情況。他打入我們的圈子時，我們叫他「四蛋塞繆爾」，因為他在阿爾貝里酒吧——也就是我們的非正式總部，一口氣吃下四顆煎蛋，當場被紹羅逮個正著。自此以後，對這個骨瘦如柴、胃口如牛的小夥子，我們的欽佩之情從來沒有停止增加過。塞繆爾從不讀書，但無所不知；塞繆爾從不工作，可永不缺錢。在阿爾貝里酒吧後面的房間，他和一群年紀比我們大的男孩擲骰子賭錢，輸多贏少。他不只暴食，也暴飲，而且還吸毒。自從他和米琳上過床後，米琳就再也不想和我們這些人有任何瓜葛，不管我們的偶像怎麼打她，她到哪裡都跟著他。拉莫斯是塞繆爾介紹我們認識的，那是很多年以後的事了。那時，在塞繆爾的勸說下，我們這群人不再去阿爾貝里酒館吃燉牛肉，而是改為每週上高級餐廳吃晚餐，塞繆爾讓我們相信，這麼做很重要，甚至是命運的安排。亞伯、佩卓和保羅這時才又和我們一塊混，因為一開始組成晚間聚餐的人沒包括他們，只有一小撮人——巧克力小子提亞哥、連體嬰、我自己和喬昂。感覺彷彿塞繆爾先啟蒙了我們，然後把我們交給拉莫斯，由他完成我們的感官教育，讓我們成為傳奇。當時，我們仍然認為我們會成為傳奇，因為以我們的胃口來說，這個城市太小了。是的，我們是混蛋，但我們是偉大的混蛋，高貴的混蛋。我們對拉莫斯也幾乎一無所知，他比我們年長，就像他某天說的，有一份——不公開收入。他對莎士比亞和醬汁瞭若指掌，他和塞繆爾的關係是一個謎，我們並沒有試圖鑽探過。

◈

我們從青春期走向成熟的成年儀式，是在一家餐館的餐桌旁舉行的，拉莫斯向我們解釋為什麼一塊烤過頭的牛排不再是佳餚，而是成了有用的東西，比如鞋底。這在我們虔誠的烤肉老饕亞伯的生活中掀起一場革命，塞繆爾認為，亞伯就是在那時開始失去信仰，生肉勝過熟肉——這個啟迪對亞伯來說是一種逆向的信仰教育，三分熟的肉和形上學之間存在著一種內在的不相容，亞伯選擇了帶血的肉。

我不知道安德烈對我深情回憶的這些故事有多少興趣，或許他只是想要表達他很難過亞伯走了。他一發現我們終究不是「菁英中的菁英」後，就對我們的故事沒了興趣，按照恐怖程度由大到小排列，他也對保羅的左派作秀、塞繆爾的緩慢腐敗和我的鮪魚肚表現出一種近乎生理的厭惡。此刻，我覺得很遺憾，那天晚上我們等候其他人時，我沒有讓他多說幾句。當時，盧西迪奧在廚房，正在準備安德烈生命中最後一道海鮮鍋飯。

◈

令人難忘的海鮮鍋飯。先喝香檳，為拉莫斯和亞伯乾杯，接著是扇貝佐美味的鮭魚慕斯。儘管亞伯死了，我們的心情還是欣悅愉快的，盧西迪奧烹調的第一頓晚餐讓我們相信，即使我們不再如以往那樣相親相愛，即使我們拋棄了自己的人生，我們的胃口也可以拯救燉牛肉俱樂部。晚餐時沒有人提起亞伯，亞伯再次成為他們家族的聖徒，我們有責任保護我們之間尚存的生命，保存從沉船打撈上來的東西：我們的肉體共鳴、我們的集體食欲——這些可以追溯到我們豬似地哼哼吃著阿爾貝里的燉牛肉的日子。如今，我們唯一的交集就是我們的食欲。即使是滿嘴食物，我也沒有停止說話。安德烈不住嘴地說，他很遺憾他老婆沒來，畢竟她有西班牙血統，對這道非比尋常的海鮮鍋飯一定有什麼想法。喬昂接著說，禁止女人參加晚餐是一個偉大的決定，一個明智的決定。是女人導致我們的衰落，是女人讓我們被趕出了天堂；如果沒有女人，我們的儀式會重新獲得青春期的純潔，我們又可以吃得像豬一樣心滿意足，如同我們過去在阿爾貝里酒吧那樣。盧西迪奧端來了第二盤海鮮鍋飯，邊上放著大顆大顆的蒜頭，迎接他的是一陣陣讚嘆的吼叫，他就是讓我們復活的人。安德烈想抗議，他的碧婷娜應該來的，她就愛吃海鮮鍋飯，她專研海鮮鍋飯，他沒什麼說服力的抗議被我們激烈的呼嚕呼嚕聲蓋過去了。我記得拉莫斯在享用了難忘的松露晚餐後，一面喝干邑白蘭地，一面發表了「性欲論」。拉莫斯說，我們靠女性的性欲才有了松露和文明，他舉起酒杯，提議為母豬和牠們的腺體乾一杯。松露聞起來像公豬的信息素，所以發情的母豬在追求愛情時會尋找松露，瘋狂地把它們翻掘出來。拉莫斯說：「牠們沒有找到丈夫，卻找到了一種植物根瘤，就像今天很多年輕女性那樣。」因此，我們所吃到的美味松露，其實是不知名母豬春情受挫的結果。拉莫斯認為，所有美食所帶來的愉悅，都是一種性欲的附加表現形式。為了吃，我們破壞了某個植物或某個動物的有機過程，我們在吃的樂趣中耗盡了自己的感官享受，我們自己變態的性欲。我們之所以齊聚一堂，是由於上新世時期對森林的破壞，我們當時的祖先被迫在開闊的草原上生活，為了自保，他們成群結隊，開始把動物的性本能換成了人類的性本能，以及隨之而來的種種恐怖。人類的歷史展開了：原始女人不再像其他動物那樣會在發情期發情，而是隨時可以發生性行為，這個改變帶來了月經週期、陰曆以及從外陰開始的漫長飛行——也就是文明。所有像我們這樣的男子結社——說到這裡，拉莫斯拿著雪茄的手畫了一個圈，把餐桌、剩菜和他的九個酒足飯飽的同伴都畫了進去——是重建的小森林，是草原中間的人工避難所，是男性重新獲得的發情期歷史衰退期前的天堂。當我把拉莫斯的理論告訴莉薇亞時，莉薇亞說，拉莫斯對於母豬的評價，基本上高於對女人的評價。當我告訴她我們花了多少錢買松露後，她的憤慨只有更多，沒有更少。

◈

盧西迪奧宣布還剩一些海鮮鍋飯，夠一個人吃，誰想要？安德烈猶豫了一下，舉起了手。

「我能帶回家給碧婷娜嗎？」

「不行！」我們齊聲大喊，像來自森林的吼聲。

安德烈只好乖乖獨自吃剩下的海鮮鍋飯。他把蒜頭留到最後吃，用叉子背面把最後兩粒蒜頭壓碎，擠出光滑細膩的蒜肉，和蒜皮一塊吃下。塞繆爾坐在他旁邊，假裝露出科學的興趣，仔細檢查每一口的食物。他說：

「『天神是公正的，使我們令人愉悅的惡習……』」

盧西迪奧站在桌旁，接下去把這段話唸完，彷彿他們事先排練過一樣：

「『成為折磨我們的工具。』」

現在我知道了，但當時我並不知道，這是出自《李爾王》的另一句臺詞。但是當塞繆爾和盧西迪奧說這些話時，他們甚至沒有瞅對方一眼，彷彿他們事先排練過一樣。

5 同性戀連體嬰姐妹

守靈時，有一股大蒜味，我不知道這氣味是不是來自死者。我們八人站在教堂中央，形成一個獨立而不規則的長方形，好像一個隨時準備往四面八方進攻的羅馬方陣。那氣味也可能是從我們身上飄散出來的。除了遺孀，我們誰也不認識，她坐在棺材旁，臉色慘白，未施胭粉，露出了各種整容手術所留下的疤痕。她沒有抬起頭來接受我們的哀悼，我們每個人只好把她的右手從膝蓋上拉起來，緊握一下，然後小心翼翼放回原處。安德烈是在夜裡死去的，死於心臟病發作。

提亞哥在我身邊，他對著我耳語，但我們這群人其他人也都聽見了。

「先是亞伯，然後安德烈……如果我們按字母順序死掉，那麼……」

下一個就是丹尼爾，人人都看著我。

「巧合罷了。」

「可能吧，但如果我是你，我就不參加下一次的晚餐。」

「或者隨身帶解毒藥。」塞繆爾建議。

下個月的晚餐由塞繆爾主辦，我們說好了讓盧西迪奧再掌廚一次，晚餐也再次在我公寓舉行。現在盧西迪奧在我的廚房裡，就像在自己家中一樣自在。

「你這話什麼意思？並沒有人在我的公寓被下毒。」

「唔，這我可不知道。」

「亞伯是跟吉賽拉上床馬上風，安德烈死於心臟病發作。」

「他們兩人都是吃了俱樂部晚餐後死掉。」紹羅說。

「晚餐的主菜是他們最愛吃的菜。」喬昂在我耳邊補充。

「這只是一個巧合，如果食物有問題，為什麼其他人沒事？」

「我不知道。」

◈

葬禮來了很多人。有三段墓前演說，畢竟安德烈長年以來是製藥業的龍頭老大。州長派了一名代表來，在其中一段演說時，紹羅設法側身走到他的身邊自我介紹，遞上名片。安德烈走了，紹羅可能會丟掉公司的公關專員的職位，他需要確保自己的未來。我注意到州長代表收下了名片，但隨即就走開了，絲毫沒有掩飾這種手法對他造成的尷尬。人人都對我們投來眼光，要麼譴責，不然就僅是出於好奇的一瞥，我們是安德烈人生中不可理解的一部分。幾年前，燉牛肉俱樂部的聚會常常登上社會版，在場有許多人夢想有朝一日成為我們的一員。然而，我們現在成了奇葩，成了麻煩。我這時才意識到我們都變得十分古怪，不只有穿著寬鬆襯衫和涼鞋的我古怪，也不只有陰沉蒼白得像死屍的塞繆爾古怪。提亞哥古怪，他永遠無法將他嗜吃巧克力的身體塞進普通的衣服裡。佩卓古怪，他和這裡大多數男人一樣是做生意的，卻照樣看起來不倫不類；他想模仿優雅的舉止，結果畫虎成狗，整潔的儀容和散發著香味的外表反而幾乎帶有一種挑釁的意味。紹羅始終是時尚達人，只是一路走來，他不知道在什麼時候失去了分寸，身上的一切都與周圍的莊重格格不入。我們看起來像是來自另一個物種的入侵者，還沒有意識到自己的偽裝失效，尾巴已露了出來。我想，安德烈的妻子一發現我們不如她以為的那樣練達老成後，大概是這麼對安德烈說的吧——他們不是我們這類人，安德烈，離開那個瘋子俱樂部。是的，在這二十一年，我們全變得非常乖僻。

◈

紹羅和馬可仕是表兄弟，兩人一塊長大，但性情有如天壤之別。馬可仕是敏感內向的藝術家，紹羅完全相反，從小就有著公關人的靈魂。

我們創立我們的公司ＤＳＭ時是這麼打算的：馬可仕負責藝術，我寫文字，合約靠紹羅拿下。但我們之中沒有一個人擁有確保生意成功不可或缺的才能——我們之中沒有一個人懂管理。紹羅和馬可仕雖然個性迥異，但是形影不離，所以我們給他們起了「連體嬰」的綽號，後來分別稱為「連體嬰一號」和「連體嬰二號」。他們曾經是我最好的朋友，只是過去幾年裡日益累積的怨懟腐蝕了我們昔時的情誼，即使紹羅一再向我表明他不值得信任，我還是依然想念他們。在所有死去的人當中，我最想念他們。該死，我剛剛把一杯卡奧爾灑到鍵盤上了。我在半夜寫下這些文字，想到什麼就寫什麼。這就是我被留到最後的原因，這樣我才能把這一切都寫下來。現在我知道我死裡逃生的原因了，我是這個離奇故事的神聖記錄者。

◈

我從紹羅和馬可仕身上擷取了靈感，開始創作連體嬰的故事。有一對兄弟，有著完全不同的抱負，一個想成為成功的跳高運動員或舞蹈家，另一個則是追求修道士的理想。後來，這些故事發展成一對同性戀連體嬰姐妹的冒險故事，在漫長無聊的下午，馬可仕、紹羅和我就在公司編故事。我們本來指望親戚朋友的支持來幫助公司起步，但我們不知道大家都認為我們是一群不負責任的廢物，根本沒有廣告界的經驗，他們願意給我們的唯一支持，就是看在我們父母的面子上說幾句鼓勵的話。在等待客戶出現時，馬可仕在他辦公室牆上畫壁畫消磨時間，紹羅關上辦公室的門，面試來應徵做櫃檯的人。而我坐在我的辦公室，寫著稀奇古怪的故事或講電話。我說的比寫的多，我的嘴巴總是不能闔上太久。然後，在下午結束的時候，俱樂部其他成員都來了。我們拿出一大部分創業資本，買了一大堆的威士忌，準備招待客戶，但下班後俱樂部成員老在紹羅的辦公室聚會，一個月後，威士忌就沒了。來應徵櫃檯的人，通常會有一兩個願意留下來，見見紹羅口中的公司股東，也就是「有錢男人」，塞繆爾總是最受女孩子的歡迎。如果根據燈亮到深夜的次數來判斷這家公司，誰都會認為我們拚著命在工作，一定會成功。但在它短短八個月壽命期間，這間公司只做了一個委託案，就是替佩卓的父親名下的公司做廣告宣傳。我們三人都認為這個計畫做得相當出色，但老頭子付了錢，卻從來沒有用過。儘管如此，那案子讓我們付清了拖欠的房租和我的巨額電話費。在紹羅的迷你酒櫃啪一聲壞了的那天，我們關了公司，覺得受人誤解，也被人低估了。我們的結論是，少了冰塊，我們根本無法繼續下去。

◈

對於莉薇亞來說，連體嬰女同性戀的故事是我揮霍生命與天賦的象徵。紹羅和馬可仕為連體嬰的傳奇故事提供事件和細節，俱樂部其他成員也在無意間幫忙加枝添葉，但是大部分的故事都是我寫出來的。不幸的姐妹賽娜妲和祖蜜拉彼此之間有著強烈的性吸引，但無法實現她們的欲望，想藉由和其他女人發生性關係來彌補她們的挫折，這樣的戀情充滿了難題和戲劇張力，總是讓嫉妒給徹底摧毀。因為她們永遠不可能與情人獨處，其中一人總要批評抱怨另一個人，每當誰做了一些稍微不切實際又奢侈的愛情宣言，就得要忍受著另一人壓低的嘲笑，或者在做愛時被不耐的問題打斷，比如：「你們兩個完事了嗎？」但這對連體嬰女同性戀的冒險不只限於性，有時俱樂部的某人會給我打電話，提出一個構想——「賽娜妲與祖蜜拉對陣〇〇七」或「賽娜妲與祖蜜拉選入國家足球代表隊」。我接著展開情節。有一回我和保羅吵架了，他指責賽娜妲、祖蜜拉和我對政治和社會冷感，而我們的國家正經歷史上最黑暗的一個時期——獨裁政權，新聞審查，民眾遭到囚禁和折磨等等。我們這群人裡，只有保羅關心這些東西。我立刻想出「賽娜妲和祖蜜拉對政治進程失望，跑去加入游擊隊運動」反擊他，公司有六個人非常喜愛這個情節，保羅還親自提供了故事的悲慘結局：政府計畫興建穿越亞馬遜的公路，賽娜妲興奮極了，放棄武裝鬥爭，向政府軍投降，卻忘記提到祖蜜拉與她意見不一，在她的裙子下藏了一顆炸彈。巴西利亞當局歡迎她們兩人時，炸彈爆炸了，炸死了總統和所有軍事部長，因此改變了巴西歷史的方向。更重要的是，這一炸讓雙胞胎姐妹的身體分離了，她們終於能夠實踐長年來的願望，在普拉納托宮的廢墟中相愛。

◈

我持續編寫這個連體嬰女同性戀的故事；即使是今天，我還是躲在我的樹洞裡寫她們的故事，只是故事的語氣越來越陰沉。在我的故事中，這對雙胞胎仍然是連體嬰，但隨著時間的推移與年齡的增長，她們的身體狀態成了一則我自己也幾乎無法理解的寓言。這則寓言形容一種可怕的二元性，暗喻我們對於「無可避免的他者即自身肉體」的恐懼，說明那過多的肉體不是我們，而是我們與之分享我們人生故事的肉體，當肉體死亡時，我們也隨之死去，也表達了……我能聽到莉薇亞說：「哦，丹尼爾，夠了！」她認為這對同性戀連體嬰姐妹相當噁心，而她們其實只不過是無責任感的滑稽人物。她不想讓我告訴她，在我們認識之前她們搞過什麼。莉薇亞說，她們是我們這一群人病態厭女症的表現，她想從這個黑洞中拯救我。我的確變成了一個很古怪的人。

◈

我們這一群中，只有一個人始終不了解這對同性戀連體嬰姐妹，那人是喬昂，他就是看不出她們有什麼好笑的地方。他喜歡得宜的笑話，不喜歡他所謂的那種「呃——哈哈」幽默，那種幽默讓人們笑著說「呃——哈哈」，只是表示他們聽懂了，卻不會捧腹大笑。喬昂，我們一流的騙子，在金融諮詢世界那陰暗的法律灰色地帶游走多年，不止一次被破產的客戶判處死刑，卻從未失去他的幽默感。當我問盧西迪奧替塞繆爾主辦的晚餐準備了什麼菜色時，我想到了喬昂的笑聲和他在任何情況下都會保持的樂觀。也許是法式烤羊腿，我最愛的一道菜？假設死亡是按字母順序，這是換一種方式詢問被選擇死亡的人是否是我。盧西迪奧答道，不是，是普羅旺斯炒蘑菇——如果我們在吃了可憐的安德烈的海鮮鍋飯後還沒有吃夠大蒜的話——接著上橙汁鴨。

橙汁鴨，喬昂最喜歡的菜。

◈

我打電話給紹羅。

「是橙汁鴨。」

「什麼？」

「那是盧西迪奧準備在下一次晚餐做的菜。」

「所以呢？」

「那是喬昂最愛吃的。」

一陣沉默，然後他說：

「打電話給他。」

◈

我打電話給喬昂。

「關於盧西迪奧要替塞繆爾做的那頓晚餐。」

「嗯？」

「是橙汁鴨。」

一陣沉默，然後他說：

「謝謝你。」

喬昂是第一個來吃塞繆爾的晚餐的人。看到我驚訝的表情，他說：

「盧西迪奧燒的橙汁鴨——你不會以為我會錯過吧？」

馬可仕和紹羅不久後到達，看到喬昂也很驚訝。紹羅看著我，我兩手一攤，否認所有的責任。

「我警告過他。」

「喬昂，你找死嗎？」紹羅問。

喬昂說：「你忘了，假設有兩個。第一，死亡是按字母順序排列，這樣的話，就輪到丹尼爾了。第二，要死的人……」

喬昂不得不住嘴，因為盧西迪奧剛剛走進房間，不知道是要檢查桌上什麼東西，餐具都已經擺好了。盧西迪奧回去廚房，喬昂繼續說：

「要死的人最愛的一道菜是主菜。當然，還有第三種假設，那就是我們全徹底瘋了，死亡與晚餐毫無關係。」

「唔，今晚我們就知道答案了。」馬可仕說。

◈

塞繆爾做東時總是上香檳，餐前與用餐都喝香檳。我們先喝香檳，同時享用盧西迪奧做的美味開胃點心。我們為拉莫斯和亞伯乾杯，稍微猶豫片刻，也為安德烈乾了一杯。然後，喬昂舉杯對著我說：

「但願最壞的人死。」

馬可仕說：「噓！」盧西迪奧也許能從廚房裡聽到我們的聲音。

◈

我們的廚師使用我的烤箱遇到了麻煩。他算過，一桌八人需要上三隻鴨子，但他一次只能在烤箱中放進兩隻鴨子，所以在我們消滅頭兩隻鴨子時，他才開始烤第三隻鴨。這道鴨無可挑剔，喬昂每吃一口都發出讚嘆聲，他從來沒有嚐過這樣的橙汁醬。我必須承認，死亡的可能性確實增加了從食物中享受到的樂趣。盧西迪奧關於河豚的那個說法是真的，死亡風險確實影響到了味蕾，味道變得異常清晰，人則是在一種興奮狀態中進食——近乎極樂的狀態。我想起拉莫斯死前最後晚餐上所闡述的理論，他說，在我們變異的細胞中，有樣東西讓我們羨慕被判死刑的人，因為他知道自己何時會死。喬昂一定有類似的感受，他也有幸得知了定命，他也享受到死囚行刑前進食的奇異喜悅。當我去拿第三隻鴨子時，注意到盧西迪奧把幾片鴨肉連同醬汁擱在另一個盤子，置於一旁。我和喬昂要承擔吃掉第三隻鴨的重任，不管用什麼標準來說，這是其他客人對於這個——假設將死之人的尊重。

紹羅歎了口氣，說：

「我才是該死的人……」

他被安德烈的公司解雇後，一直找不到新工作。他沒錢了，除了拖欠前妻的錢以外，還得養活馬可仕。他羨慕地看著喬昂和我。

我們繼續吃，猶如兩個死囚。

◈

盧西迪奧帶著剩下的鴨肉進來了。他繫著那條可笑的及踝圍裙，有點嚴肅，走到餐桌前。我們沉默下來，八個坐在三具屍體前翹首盼望的啞巴。我們知道，我們進入了氧氣稀薄的地帶，得作出重大決定了。從那時起，燉牛肉俱樂部對抗著命運，比賽開始，而我們的青春期已經離我們很遠了。盧西迪奧說：

「還剩下一點，有人想要嗎？」

喬昂和我互望一眼，我說：

「不，我已經飽了，很美味，但是……」

喬昂伸手去拿盤子。

「我要。」

◈

當晚出自《李爾王》的那句臺詞，我後來去查過了。盧西迪奧解釋說，他的橙汁鴨的秘密在於他添加了蘋果白蘭地，醬汁是蘋果和橙橘之間「友好協議」的產物，這樣說時他的語氣不帶一絲幽默，他說他希望我們吃得很開心。

「『我寧願因缺乏智慧而受到抨擊，也不願因有害的溫厚而得到讚揚。』」

我不太清楚塞繆爾對這些話作何反應，依稀記得他淺淺一笑，搖了搖頭，好像不太相信自己所聽到的話。

◈

在我最近寫的連體嬰女同性戀的故事中，如今已是愛過各種女人的老婦人祖蜜拉，與一個女吸血鬼來了一段風流韻事。她的脖子被咬了，她也變成了吸血鬼，一心只想咬一口賽娜妲的脖子。賽娜妲不得不時時刻刻提防著姐姐的犬牙，她們之間未實現的愛轉成了恨。如果我對自己理解正確的話，這個比喻描述的是在前方等待著我們的命運的可怕之處，而不是縱然可怕卻是明確肯定的命運。每當我想給莉薇亞講這些故事時，她總是捂住耳朵。她正試圖說服我轉為從事兒童文學。

6 又見魚鱗

喬昂是我們這群人中第一個開車的。他偷了他父親的車，把我們七個人塞進車裡，帶我們去兜風。結果呢，車子陷在別人家的後花園，闖進去前，還先越過了一堵比車還高的牆。我們也覺得莫名其妙，怎麼會這樣呢？我們逃到阿爾貝里的酒吧，不久那個叫荷姆羅什麼的屋主，在警察的陪同下出現了。我們都上氣不接下氣，喬昂頭部受傷流了血，因為一個花園小矮人莫名其妙從汽車擋風板飛進來。這時，阿爾貝里說話了，一句我們多年來只要回憶起這一幕都要重複的話：「他們都是天使。」關於闖入荷姆羅的花園這件事，我們是無辜的，而且根據阿爾貝里的語氣，我們不管做什麼都是無辜的。這不是赦罪，這是詛咒。這不是一個暫時的狀況，不是一則謊言，而是一種類別。沒有人比連體嬰二號馬可仕看起來更像天使了，他五官精緻，有著獵犬般水汪汪的眼睛。他下車時，摔了個狗吃屎，仍舊不停顫抖，渾身是泥。但是他向荷姆羅和警察證實了阿爾貝里的說詞，在這兩個小時，我們都在酒吧，對什麼車的事毫無所知，我們是無辜的。那一晚，馬可仕的雙眼救了我們。我們全沒事，除了喬昂以外。後來，車子被確認屬於他的父親，喬昂受到懲罰，一個多月不能開車上路。如今，在喬昂的守靈儀式上，流下最多眼淚的是馬可仕。五月的守靈。

◈

「這是懲罰。」馬可仕說。

他開始相信神秘主義，只是他的體重讓他無法輕盈飄渺，久而久之，人也變得古怪起來。有一次，他想拖著紹羅去西藏，紹羅拿出每一個可能的論據來勸阻，他敞開雙臂要馬可仕好好看看他，甚至轉了一圈，讓馬可仕看清楚他一塵不染的衣服和內衣，還有他招搖的紅色領帶，他說：「你真的能想像我在喜馬拉雅山嗎？」馬可仕這才放棄了去西藏的念頭。這兩人從未分開過。馬可仕是孤兒，由他的阿姨，也就是紹羅的母親帶大。馬可仕和奧琴娜結婚時，讓所有愛上他浪漫身影和小狗眼睛（或者如塞繆爾所說的，「回頭浪子」的眼睛）的女孩期待落空，當時喬昂說了一句話：「我好奇誰會睡在中間。」這句話與事實相去不遠。紹羅隨著他們去度蜜月，不過信誓旦旦說他自己獨自睡一間。紹羅呵護馬可仕，堅持認為他的表弟是一個了不起的畫家，即使我們其他人認為馬可仕其實是平庸之輩。紹羅偷偷買下了馬可仕的畫，馬可仕於是以為畫展非常成功。我們家裡都有好幾幅馬可仕的畫，全是紹羅送的。後來，奧琴娜離開了馬可仕，投向一個烏拉圭人的懷抱，紹羅誓言要報復，但不只要報復奧琴娜和那個烏拉圭人，還異想天開，打算組織杯葛和反烏拉圭示威活動來傷害烏拉圭。馬可仕是我們這群人中的寶貝，即使是塞繆爾，也無法對他進行有說服力的侮辱，只能說這樣的話：「浪子也能成為聖人，反之亦然。」我的朋友裡，莉薇亞只喜歡馬可仕，有一次，她甚至成功說服他遵循她的飲食規劃：運動，有計畫的飲食，以及大量的纖維。但這件事沒持續多久，莉薇亞沒有發現到，馬可仕的天使外表底下藏著一個惡魔的胃口。隨著歲月的流逝，我們的浪漫主義藝術家變得又胖又醜，也越來越絕俗離世，他返回現實，只是為了短暫的拜訪，為了吃。他創作神秘的畫作——平庸的寓言。幸好，他再也找不到願意幫他辦畫展的人了，那些畫被紹羅當成禮物送給了我們。

◈

在喬昂的喪禮上，馬可仕一停止哭泣，就說：「這是懲罰。」

「你這話什麼意思？」我問。

「我們正在受到懲罰。」

「但為什麼？」

那雙水汪汪的眼睛，一隻日漸衰老的小狗的眼睛。

「為什麼？為什麼？你怎麼還能問為什麼？」

◈

我們在角落竊竊私語，除此以外，教堂唯一的聲音是喬昂家人的啜泣聲。我環顧四周，想找出一張幸災樂禍的臉，但沒有一個被喬昂騙過錢的投資人到場。

「聽好，並沒有人在我的公寓被下毒。」我說。

但馬可仕繼續說：

「我們因我們的罪孽，因我們腐敗的靈魂，正在受到懲罰。」

紹羅抓住馬可仕的胳膊：

「冷靜點，馬可仕。」

◈

在臨終最後一頓晚餐上，拉莫斯對我們說過，我們都暗自羨慕死囚。他那時已知自己要死了，我們也知道。那頓晚餐是在我那裡吃的，塞繆爾負責提供食物酒水，我們上了拉莫斯最喜歡吃的豪華雙拼大菜：龍蝦佐蛋黃醬與羊排配薄荷醬。按照他的說法，除了莎士比亞和議會制度，薄荷醬是英國對西方文明的唯一貢獻，只是他從未成功說服我們相信這一點。拉莫斯是我們這一群人中唯一喜歡薄荷醬的人，他說，我們的人生就像一個拙劣的謀殺故事，缺乏藝術的對稱或頓悟。我們從一開始就知道了誰是兇手，他和我們一起出生，我們生來與自己的刺客綁在一塊。他用拿著雪茄菸的那隻手，遠遠地向我祝福。是的，就像——丹尼爾的連體兄弟。我們和兇手一起長大；兇手的身分不是秘密，我們有同樣的胃口和弱點，犯下同樣的罪，但我們永遠不知道他何時會殺了我們，我們不知道他在玩什麼遊戲。知道自己死亡的時間和方式，就像知道了情節，知道了結局，擁有偵探小說勝過生活的所有優勢。知道自己的命運，就像偷偷翻到了最後一頁。身為作者與兇手的同謀，我們以不同的方式解讀自己的生活。我們有對稱、意義和邏輯，或者說有諷刺，這是邏輯的一種文學形式。拉莫斯說，讀偵探小說唯一聰明的方法，就是從最後的結尾讀起。他用苦笑回應提亞哥的抗議，這個巧克力小子癡迷許多東西，包括了巧克力和偵探小說。我們所羨慕死囚的地方是，他享有特權，知道自己的生命將如何結束以及在何時結束，我們羨慕他身為一個比我們強的讀者。拉莫斯最後總結說，等待處決的牢房裡沒有隨便的讀者，所有的作家，所有的評論家，所有的美食家，都應該活在一種永遠瀕臨死期的狀態。那天晚上，自燉牛肉俱樂部成立以來，拉莫斯首次沒有要大家拿起干邑白蘭地敬酒，我們都知道這是我們最後一次共進晚餐。然而，我們不知道的是，結局竟然來得這麼快。第二天，拉莫斯住進了醫院，而且在午夜前就過世了。

塞繆爾站起來，舉杯向拉莫斯敬酒。

「敬我們神聖的混蛋。」

◈

五月的守靈最令人不安。喬昂的家人無法解釋他的死因，晚餐後，他半醉半醒回到家，不肯上床睡覺，也不肯坐下。他說他想在「他」到來的時候站著。「他」是誰？喬昂非常激動。直到天快亮了，他才終於同意躺在沙發上，結果就再也沒有醒來。心臟病發作。他一生中從來沒有一天生過病，從來沒有一天不開心，他從各種危機、官司威脅、死亡和即將毀滅的未來中挺了過來，永遠保持著小夥子似的血壓。他的母親憤憤不平地重複道，小夥子似的血壓，怎麼可能心臟病發作呢？

◈

莉薇亞來了教堂，向喬昂的母親和妻子致意，然後向我走過來，好像要揍我一樣。

「怎麼回事，津？」

「冷靜點，這不是談這個的地方。」

「怎麼回事？發生了什麼？」

「聽好，並沒有人在我的公寓被下毒。」

這怎麼可能呢？三頓晚餐，三人死亡，這是什麼情況？我要莉薇亞小聲一點，但喬昂的妻子發現她有了一個盟友，便走過來站在莉薇亞身邊定住不動，就在我的眼皮底下。她要求我解釋所有發生的事，燉牛肉俱樂部在我身後靠攏，燉牛肉俱樂部是互相照應的夥伴。塞繆爾說沒人需要解釋任何事情，這是命運的安排。紹羅也開始為我們辯解，只是當他注意到馬可仕已經不在他身邊時，不得不停了下來。馬可仕站在棺木旁，開始對死者發表演講：

「罪人……」

在他繼續往下說以前，紹羅設法把他拖走了，但喬昂的母親大受衝擊，頭往後一仰，開始喘起氣來。我們認為，在我們被趕出去之前，我們這七個沒死的最好集體撤離。在離開時，我們聽到有人提到了驗屍，事情不能這樣繼續下去了。

在我繼母的軍隊協助下，莉薇亞把我的廚房從上到下打掃了一遍。她換掉所有的鍋碗瓢盆，還把陽臺消了毒。她要求知道更多關於替我們做晚餐的「這位盧西迪奧」的事，他從哪裡冒出來的？他手上可能有致命的細菌。

我試圖轉移話題，但莉薇亞堅持不讓我打岔，還希望他下次給大家做晚餐時在場。她始終認為我們有夠瘋的，都死了三個人，還能繼續辦晚餐聚會。

◈

在喬昂的喪禮過了兩星期後，盧西迪奧打電話給我。

「喬昂的事，我很難過。」

「嗯。」

「是他的心臟嗎？」

「看來是，有人說要驗屍，但我想他們沒有驗。」

「驗屍？」

「查明他的死因，我的意思是，他可能是被毒死的。」

「你是說食物裡有毒？」

「沒錯。」

他沒有說話，我突然驚慌起來，我不想讓他誤會，掛了我的電話，永遠從我們的生活中消失。在他做我的烤羊腿之前不行。我說：

「你還在嗎？」

「在。」

「我們討論一下六月的晚餐好嗎？」

我們之前說好了，六月的晚餐由保羅負責開銷，但跟其他晚餐一樣在我公寓舉行。

「當然好。」他說。

我鬆了一口氣。

「你想做什麼菜？」

「做法式鹹派當主菜。」

「好。」

法式鹹派。馬可仕超愛吃法式鹹派。

◈

我告訴莉薇亞的不是正確的晚餐日期，所以她不會在盧西迪奧做菜時在廚房碰到他。盧西迪奧抱怨說鍋盆換了，非常幸運，莉薇亞也把鹹派盤換成新的了，只是盧西迪奧更喜歡舊的。晚餐當晚，大家一到，我就把他們通通叫到書房，並且鎖上了門。盧西迪奧整個下午都在廚房準備晚餐，萬一他從廚房裡出來，我們不至於覺得措手不及。我們低聲說話，這樣他隔著門就聽不見我們在說什麼。我們需要談談。

「亞伯、安德烈、喬昂……如果是按字母順序，那他遺漏了你，丹尼爾。他為什麼要那樣做？」

「不是按照字母順序。」馬可仕說。

「那麼，他是按照什麼順序呢？」

「按照罪孽的順序，亞伯是十個人中的第一個，因為他脫離了教會，十誡的第一條不就是『你當敬拜耶和華你的神』嗎？」

我們交換了一下眼色，沒有人知道十誡的順序。

「那麼，安德烈又犯了什麼罪呢？當然，除了是個討厭鬼之外？」塞繆爾問。

「還有喬昂呢？十誡根本沒有包括說謊、放高利貸、詐財和講不好笑的笑話吧，還是包括呢？」

「是按照字母順序。」佩卓說。

「或者根本沒有什麼順序，他選擇要誰去死，就會做那個人最喜歡的菜。」

我們都看著馬可仕，既然他符合這兩個條件，這次輪到他了。

「如果是按字母順序排列，他為什麼漏掉了丹尼爾？」馬可仕還在堅持。

「因為公寓和廚房是丹尼爾的，而且是丹尼爾把他介紹給我們認識的，不管用什麼標準來算，丹尼爾都會是最後一個死的。」

「死的那個——」佩卓說：「總是要求再吃一點的那一個。」

「怎麼死的？」我問。

「你說『怎樣』是什麼意思？被下毒啊。」

「聽好，並沒有人在我的公寓被下毒。」

「哦，丹尼爾，醒醒吧，他一個接一個給我們下毒，一定是那種魚的毒。」

「什麼魚？」

「他跟我們提過的那種日本魚。」

「你不會真的相信那個故事吧？」塞繆爾問。

「我們為什麼不該相信？他告訴我們，他在巴黎學過烹飪，他做的菜證實了這一點。他說，他可以接觸到一種致命的毒藥，他掌廚晚餐後發生了三起神秘死亡事件，也證實了這一點。還有魚鱗。」

「魚鱗不能證明什麼。」塞繆爾說。

「為什麼不能？」

塞繆爾拿出錢包，抽出了一片魚鱗，和盧西迪奧給我們看過的一模一樣。

「因為我也有一片。」

◈

根據塞繆爾的說法，在任何一家出售日本工藝品的商店裡，都可以買到這種護貝過的魚鱗，上頭表意文字的意思並不是「所有的欲望都是對死亡的渴望」或「飢餓是失聰的車夫」或其他類似的廢話，只是「海」的表意文字。鱗片來自一種可能有毒也可能沒有毒的魚，但更有可能來自某種觀賞魚。佩卓說這也不能證明什麼，因為事實是盧西迪奧要給我們下毒，馬可仕顯然就是今晚晚餐獲選的受害者，我們需要決定該怎麼做。你覺得呢，馬可仕？

但馬可仕抬著頭，嘴角有一抹淡淡的笑，我們說的話他一句也沒聽進去。

「快聞。」馬可仕說。

「聞什麼？」紹羅問。

「鹹派的味道。」

◈

吮指回味的開胃點心。不知道從哪裡買來的大蘆筍佐荷蘭酸醬，還有洛林鹹派……又精緻，又美味，妙不可言。每人兩個，滿滿一張盤子，所有盤子收回到廚房時都已經吃得精光。那晚唯一不協調的是保羅的葡萄酒，保羅替佩卓工作，而佩卓破產了。塞繆爾認為，這種情況下的規則是，老闆喝的酒會越來越好，員工喝的酒則是越來越差，因為老闆為了安慰自己，開始把更多的錢花在奢侈品上，而不是花在失敗的生意和員工身上。他帶了巴西葡萄酒，惹得塞繆爾開始侮辱保羅和佩卓。塞繆爾正要威脅把保羅的毛衣袖子浸到酒中溶解時，盧西迪奧從廚房走出來，手中的盤子上有一塊鹹派。他說：

「還剩一個，誰想要？」

接著是一陣漫長且深沉的沉默。馬可仕和紹羅互看對方，最後，紹羅說：

「你不想要吧，馬可仕？」

為了改變話題，提亞哥問甜點是什麼，但盧西迪奧沒有回答。塞繆爾說：

「別吃了，馬可仕。」

「對，我們接著吃甜點吧。」佩卓說。

馬可仕仍然什麼也沒說，他看著鹹派，然後又看了看紹羅，再回頭看著鹹派。他歎了口氣說：

「我要吃。」

紹羅猶豫了一下，然後說：

「那我也來一塊。」

◈

盧西迪奧回廚房，拿出另一個盤子。他把鹹派平分成兩份，將盤子分別放在馬可仕和紹羅面前的桌上。這一切在鴉雀無聲中發生，馬可仕和紹羅默默吃著，我們默默坐著，直到他們都吃完了。盧西迪奧站在桌子旁邊。隨著夜色越來越深，塞繆爾臉上皺紋似乎也越來越多；他們吃完後，塞繆爾說：

「只要我們還能說『這是最壞的時刻』，最壞的時刻就還沒有到來。」

《李爾王》，第四幕第一場。

盧西迪奧如往常一樣，抿嘴微笑著。

7 頑童

有一次，馬可仕、紹羅和我在公司，花了一整個下午討論完美的女人。當時我正在追求我的第一任妻子，後來我們分手時，她堅持保留我們一起買的一尊小雕像，作為「我們美好時光的紀念品」，非常感人。當她走到前門時，她轉過身來，把小雕像朝著我的頭砸過來。我們都交過女朋友，有關係穩定的，也有關係不穩定的，除了塞繆爾以外，他鄙視「好」女孩，是城裡妓院的常客。但是，那些女朋友中，沒有一個具有我們一致認為完美女人應有的特質，連一項特質也沒有。那天下午，我們描述了她的頭髮和皮膚，甚至詳細描述她的牙齒應該是什麼樣子的，我們一致認為，微凸的門牙會讓上唇翹起來——只是微微的，但反而讓她更臻至完美。我們選擇了她的嗓音、胸部、腿，甚至腳踝的粗細。然而，只有當我們描述出整個女人，爭論我們是否會分享她，或者會為了她戰鬥到死，我們才意識到我們描述的是瑪拉，也就是佩卓的妻子。我們很快就為我們的夢中情人起了一個和友人妻子完全不同的名字：維若妮卡．羅伯塔。每當我們夢想永遠也得不到的瑪拉時，我們就會夢見維若妮卡．羅伯塔。

◈

二十年來，瑪拉的恬靜之美一分未減，她有了幾根銀絲，但沒有試圖掩蓋。她的身體變得越來越豐腴，越來越沉重，但她的身材仍然是讓我們充滿激情的理想。她凝視紹羅在棺木裡的臉龐，然後站著端詳馬可仕的臉龐，看了大半天，馬可仕死後似乎恢復了他的青春和天使般容顏，馬可仕一直是她的最愛。「馬可仕是你們之中唯一值得擁有任何東西的人。」她有一次這麼對我說，那是她與塞繆爾有染、和佩卓離婚之後。她向我走過來，塞繆爾就在我的旁邊。連體嬰一號和連體嬰二號的守靈儀式進行得非常順利，與喬昂騷亂不安的守靈儀式形成鮮明對比。儘管這對表兄弟同時去世引起了震驚，儘管燉牛肉俱樂部在短短四個月內失去一半的成員，大家對它遭遇的悲劇越來越感到困惑，瑪拉還是向我打了招呼。我猶豫了一下，然後說：

「妳還記得塞繆爾吧？」

她往後退了一步。

「塞繆爾！」

塞繆爾微微一笑，小心翼翼不張開嘴巴，以免露出一口的爛牙。他的黑眼圈看上去好像是用炭筆用力塗出的顏色。

「妳好嗎，瑪拉？」

她說不出話來。他們四目相對，瑪拉張著嘴，塞繆爾擠著笑容，臉頰看起來凹陷得更厲害了。然後他聳了聳肩，好像表示歲月流逝不是他的錯，並為自己不是守靈儀式上的第三具屍體而道歉。瑪拉突然哭了起來。

◈

我們不知道佩卓有沒有懷疑過瑪拉對他不忠，與塞繆爾出軌。對我們來說，那是一件非常痛的事，我們簡直無法想像，一個完美的女人居然會與四蛋塞繆爾外遇。我們不介意想到瑪拉和佩卓同床而眠，打從少年時代起，我們就樂於讓佩卓享有他的家世的所有特權，絲毫不覺得自己的地位降低了。他開始在家裡上課時，我們很遺憾失去了一位同學，但我們沒有排擠他，也沒有嫉妒他。當他的母親禁止他和我們廝混時，我們理解她的擔憂：我們真的很不衛生，很危險。佩卓十八歲生日時得到他的第一輛車，我們同意他訂下的坐車規矩：一次只能坐兩個，以免懸吊系統受到壓力，還得穿乾淨的鞋子。他有了新車，我們都由衷為他感到開心。佩卓把我們介紹給他的女朋友認識——瑪拉，長直髮，皮膚雪白，有點不完美的門牙（但恰好不完美到完美的程度）——我們斷定這不過是命運女神賞賜的另一個大獎，我們的太子爺當之無愧。佩卓和瑪拉在歐洲的蜜月持續了近一年之久，在想像中，我們陪著他們從一張床滾到另一張床。他們回來後，佩卓到他父親的公司工作，等到他的父親去世，就接任了他父親的董事位置。在接下來的二十年裡，正如我們的預料，他摧毀了公司，也失去了瑪拉，對此我們從未原諒過他。在燉牛肉俱樂部的第一趟歐洲之旅時，佩卓和瑪拉還沒離婚，但是他卻帶著另一個女人同行，不讓我們享有瑪拉的陪伴。我們只能靠著對維若妮卡·羅伯塔的幻想來滿足自己，維若妮卡·羅伯塔從來沒有讓我們失望過，比方說，她絕對不會和四蛋塞繆爾有一腿。

◈

燉牛肉俱樂部首度進行巴黎之旅時，拉莫斯第一次也是唯一一次跟我談到他是同性戀。一天傍晚，我們在塞納河河畔散步，他告訴我他在巴黎的經歷。他從年輕時起就經常到巴黎來，曾經在蒙帕納斯的一間公寓住了四年。他每年回巴黎一次，有時不止一次。他在巴黎有個朋友，一個非常親密的朋友。然後他糾正自己的說法，好像下定了決心。

「不，他不是朋友，他是我的情人。」

「啊。」我說，只是想說點什麼。

「我們就在這裡相遇，他是巴西人。」

「啊。」

「這次我沒去看他，情況變得有點複雜……」

我偷偷瞥了一眼拉莫斯的臉，想找出他為什麼突然需要吐露秘密的原因。我們碰巧一起走著，這純屬偶然，除了俱樂部的團體情誼以外，我們之間並不特別親密。他組織我們，教導我們，我們都欽佩他，但對他的認識非常稀少。塞繆爾把他介紹給了大家，但就連塞繆爾似乎也不太了解他的私生活。由於他有怪癖，又矯揉造作，塞繆爾總是稱他為「酷兒」，但是多年以後，當拉莫斯在醫院裡死於愛滋病時，塞繆爾似乎對拉莫斯是同性戀這一事實最耿耿於懷，讓我們不再猜測他們是一對戀人。

「啊。」

「我在巴西還有一個朋友。」

「啊。」

「我讓你覺得無聊嗎？」

「不會，不會。」

「戀愛總是很無聊，尤其是複雜的戀愛。」

「不會，不會。」

「人類行為的千變萬化，並不像人們所說的那樣令人著迷，反而是我們所有痛苦的根源。」

「啊。」

拉莫斯向我吐露內心秘密，我感到很不自在。為什麼是我？我是一個藏不住話的人，我幾乎是最無法保密的知己。

「如果他們兩人都很明理，情況會不一樣，但他們不是，他們又愚蠢又殘忍。」

「他們彼此認識嗎？」

「哦，認識，他們彼此憎恨。」

然後他又說：

「他們是我的『wanton boys』……」

我本來以為他說的是「我的餛飩男童」，一定與中國菜有關，但拉莫斯解釋說，「wanton」是一個英語單詞，意思是「淘氣的」、「頑皮的」、「惡劣的」。「wanton boys頑童」，出自莎士比亞之筆。

那天晚上，我們上巴黎一家非常古老的餐館，圍著一張大桌子用餐。大多數成員感到非常鬱悶，因為拉莫斯喝干邑白蘭地的演說是用法語說的。而塞繆爾堅持喊服務生「混蛋先生」，差點惹出了事端。在巴黎的那一天之後，拉莫斯再也沒有跟我談起過他的私生活，我也從來沒有問過他。

◈

在連體嬰的葬禮上，一個男人向我走來，做了自我介紹。我以為他說他是一個巡官，還沒等他問我什麼，我就說：

「聽好，巡官，並沒有人在我的公寓被下毒。」

但我聽錯了，他糾正我。

「我不是巡官。我姓斯佩克特，這是我的名片。」

他的名字叫尤金尼奧．斯佩克特，除了他的電話號碼，名片上只有印著「事件」這個詞。他想在方便的時候和我談談，準備提出一個我可能會感興趣的建議。他要我打電話給他。「等你從悲痛中恢復過來的時候。」他一面說，一面打了一個像主教的手勢，把我們周圍的一切都比了進去。斯佩克特先生幾天前來過了，而且……但是我又有點說過頭了。丹尼爾，夠了！

◈

葬禮結束後，我們回到我的公寓，聚在書房裡。燉牛肉俱樂部全體倖存會員都到了，就我們五個人。在葬禮上，莉薇亞不停地說：「這太瘋狂了，津，太瘋狂了，你們必須停止舉行這些晚餐。」要討論的問題是，我們該不該停止舉行晚餐？下一個做東的是佩卓，按字母順序排列，因為紹羅選擇了不按順序死去，保羅應該是下一個死的人。

「那麼，我們要取消晚餐嗎？」我問。

「不要。」保羅毫不猶豫地說。

「我認為我們應該投票表決。」塞繆爾說。

「我是主要利害關係人，晚餐照樣舉行。」保羅說。

佩卓建議由他來選擇菜單，不要讓盧西迪奧決定。保羅不同意，他認為應該讓盧西迪奧決定菜單。我建議我們監督這頓餐的烹調過程，尤其是決定命運的最後一份。保羅也否決了這個建議，盧西迪奧做事時必須有充分的自由。

「說實話吧。」保羅說：「撇開死亡不說，你這輩子吃過像盧西迪奧做的晚餐那樣美味的東西嗎？」

「沒有，但是……」

「還有一件事，如果我們開始干涉他的工作，他就會消失，他就會走掉，他就會離開我們。」

「正在消失的人是我們。」提亞哥說：「一個接一個，一個月一個，燉牛肉俱樂部要結束了，不是因為缺少廚師，而是因為缺少成員，我們都要死了！」

然後，保羅往後靠在沙發上，他頭上方有一幅馬可仕的畫，根據藝術家的說法，這幅畫描繪一個生命從身體和精神的二元性中解放自我的掙扎。保羅說：

「嗯，我不知道你們怎麼樣，但我真的不在乎。」

◈

莉薇亞打電話來，問我好不好，我說我很好，打算去睡一會兒。她問有沒有人和我在一起。「沒有。」我撒了謊，其他人走了以後，塞繆爾留下來，馬可仕和紹羅的死，與瑪拉的會面，都讓他沮喪不已。

「停止這種瘋狂，津！」

「當然。」

「停止這些晚餐，告發那個廚師！」

「當然，當然。」

當我掛斷電話時，塞繆爾正在研究我書房牆壁上掛的馬可仕作品，紹羅捐獻給我的眾多畫作之一。

「你想馬可仕自殺是一種自我批評的行為嗎？」

「這就是我們正在做的嗎？自我了斷？」

「我沒有這麼做，你呢？」

我想起了我吃到橙汁鴨時的極樂感受，當時我可能是被選中去死的那個人——那正是拉莫斯所描述的感覺，進入了一個特權的領域，一切都清晰且不可阻擋，個人的感官感受提升到最高境界。死囚的領域，或者如盧西迪奧所描述的，是河豚品嘗者的領域。

「塞繆爾，告訴我一件事。」

「什麼事？」

「你怎麼會有跟盧西迪奧一樣的魚鱗呢？」

「去問盧西迪奧，他怎麼會有跟我一模一樣的魚鱗。順便說一下，他那件事說了謊。」

「你的是從哪裡弄來的？」

「那是一份禮物。」

「你為什麼認為盧西迪奧在魚鱗這件事上說了謊？」

「他想引起你的好奇心，關於河豚的整個故事都他編的，他只是想勾起你的興趣，他知道你喜歡稀奇古怪的事物。」

「他怎麼知道？」

「一定有人告訴過他。」

「你認為他這麼做只是為了讓我邀請他為我們做菜，這樣他就可以毒死我們嗎？」

「嗯，這招確實奏效了。」

「可是他為什麼要毒死我們？」

「你問錯了問題。」

「正確的問題是什麼？」

「為什麼我們要讓自己被人毒死呢？」

◈

保羅是最後一個來吃他會被下毒的晚餐的人。盧西迪奧已經證實了，這晚的主菜是法式白醬燉小牛肉，保羅的最愛。這個被判了死刑的人來的時候，肩上像穿著斗篷一樣披著一大塊紅布。他想從身為政治活動家的過去人生中尋找什麼來祭奠自己，但除了幾本發霉的書之外，什麼也沒找到。他臨時做了一面紅旗，整晚都披在肩上，整晚也只有他一個人說話。他敘述他從學生時代起對於政治的投入，他擔任議員的時光，他東躲西藏的日子，他參加的示威，他代表黨執行的秘密任務，他入監服刑，他以副手身分參加選舉。他也談到了他的背叛。是的，那是真的，他背叛了同僚，檢舉了他們。當我們過著平庸的日子，沒有任何崇高的理想，甚至從來沒有體驗過幹下大惡大罪的快感時，他卻是闖路障翻人牆，在污穢中匍匐前進。我們的共同點是我們的食欲和失敗，但他走到了極限，他比我們強，強過我們所有人，包括那些已經死去的人。他一面說，一面忙著吃開胃小菜，接著吞下一個洋蔥餡餅，然後是好幾份的小牛肉，配上波爾多乾白酒，佩卓為了他合作夥伴的最後晚餐，特地從地窖裡挖出來那些酒。盧西迪奧端著盛有剩餘的白醬燉小牛肉進來時，不用問誰還要吃，保羅直接從他手中奪下熱呼呼的陶罐，就著陶罐唏哩呼嚕吃起了白醬，然後把陶罐放在桌子上，直接用手吃肉，吃得簌簌響，好像在吃阿爾貝里的燉牛肉一樣。其他人吃甜點時，保羅弓著背坐在椅子上，終於沉默了，腦袋懶洋洋垂著，眼睛盯著桌布。他沒有抬起頭來，甚至當盧西迪奧出乎眾人意料提議用干邑白蘭地為拉莫斯最後一次乾杯，他也沒有抬起頭來。

「你不能敬酒。」塞繆爾反對。「你不是俱樂部的成員。」

但是佩卓、提亞哥和我說服他讓盧西迪奧說幾句話，畢竟這個俱樂部幾乎已經不復存在了。

盧西迪奧舉起杯子，這是他頭一次接受了一杯干邑白蘭地，這是他頭一次沒有站在桌邊，只回答關於他端上來的食物的問題。我本來期待他是一個說故事高手，期待他會講講其他故事，類似那個河豚俱樂部的故事，但他讓我的希望落空了。他一直表現得像一個廚師，感謝主人平等對待他，邀他入席，但他知道自己的位置，保持應有的尊重。現在，他要發言了。他舉起干邑白蘭地，看著塞繆爾說：

「『所有朋友都將品味到他們美德的報償，所有仇敵都將品嘗到自己應得的苦杯。』」

塞繆爾舉起酒杯對盧西迪奧說：

「『你所指責我的罪狀，我都做了，而且做得不只這些；時間會讓一切曝光：這些事過去了，我也要走了。可是你是什麼人，我會敗在你手裡？』」

盧西迪奧說：

「『別人得罪我，比我得罪他們還多。』」

「我一個字也聽不懂。」保羅說，他突然甦醒了。

這是他說的最後一句話。

「『什麼都不說，就一無可得。』」塞繆爾說。

他和盧西迪奧同時把他們的干邑白蘭地一口乾了。

◈

我們說好下一次的晚餐由提亞哥負責，但形式相同——在我的公寓，由盧西迪奧下廚。提亞哥說：「誰會是被毒……」但他及時住了口。盧西迪奧脫了圍裙，換上一件雅致的外套，向除了塞繆爾以外的每一個人正式道別，然後離開了。提亞哥隨後也走了。佩卓開車送保羅回家，臨去之前，保羅給了我一個漫長的擁抱。但塞繆爾拒絕抱他，還說：「快滾，你這個混蛋。」塞繆爾躺在客廳的沙發上，問那天晚上能不能就睡在那裡。我說他可以。他的下巴埋在胸前，眼睛盯著我其中一面光禿禿的牆。我說：

「盧西迪奧知道拉莫斯死於愛滋病，他怎麼知道的？」

「有人告訴了他。」

「你和盧西迪奧以前就見過面。」

他沒有回答。

「你第一次在這裡看見他的時候，為什麼什麼都沒說？」

他過了一會兒才回答。他閉上眼睛，歎了口氣說：

「我想看看他能做到什麼地步。」

「為什麼？」

但塞繆爾已經揮手要我走開，暗示那天晚上他不會再說什麼了。

8 巧克力小子幹偵探

佩卓的父親走後，佩卓要他的母親搬過去，和他與他的第三任妻子住在一起。妮娜夫人很快接管了家務，最後也弄走了媳婦，不過在那之前，先是指責了媳婦種種違害衛生、家庭和丈夫的罪狀。我們相信妮娜夫人仍舊天天給佩卓洗澡，告訴他該穿什麼。然而，在保羅葬禮當天，妮娜夫人顯然沒有盡到職責。在七月的守靈儀式，佩卓沒有打領帶，也沒有刮鬍子。我覺得我們被刻意冷落了，而我們沒有被轟出去只有一個原因：他們認為不值得為我們大驚小怪。佩卓、提亞哥和我自己站在遠離棺材的角落，其他人不停向我們投來批評的、不解的目光。佩卓蓬頭垢面的模樣沒有幫助，更別提我涼鞋裡面穿的是羊毛襪，那天早上收到保羅死訊後，我也沒有刮鬍子。塞繆爾沒有來參加守靈儀式，當我醒來替我繼母的清潔部隊開門時，他已經走了。莉薇亞和清潔工一起來到我的公寓，說：「我實在不敢相信，津，我實在不敢相信，你們居然又辦了一次晚餐，我實在不敢相信，下一個要死的是誰？」我不是發過誓不會再有晚餐了嗎？不，我沒有，我……然後，電話響了，通知保羅的死訊。他裹著紅旗躺著，還做了另一件奇怪的事：他脖子上掛著他過去玩五人制足球時穿的運動鞋，雖然他從很小就沒再踢過。這是他死時的模樣。知道運動鞋的事後，佩卓說：「我不知道我應該做什麼？」

「你這話什麼意思？」

「我也要做類似的事，我要找瑪拉商量一下。」

「佩卓，你在說什麼？」

「瑪拉一定知道我該怎麼做，知道我該怎麼死。」

他的眼睛充血，臉龐浮腫，頭髮蓬亂。從我十二歲認識他以來，我第一次看到佩卓無法控制自己的形象——發現了沒有妮娜夫人的世界會是什麼樣子的佩卓。

「我是下一個，你知道的。」佩卓說。

他聽起來幾乎是得意的。

◈

瑪拉沒有出席七月的守靈儀式，但斯佩克特先生來了。他遠遠地向我招手，做了手勢，還擠眉弄眼，示意我們的事可以緩一緩，現在不是時候，他之後會再來找我。吉賽拉來了，而且走來告訴我們，發生了這麼多起可疑的死亡後，她已經開始調查亞伯的死因，她會下令把屍體挖出來，我們最好做好準備，因為她會掀起一場風暴。我記得拉莫斯喝干邑白蘭地時聊過挑戰男人的女人。所有女人來自兩個不同的血統，猶太基督教血統和希臘血統。來自猶太基督教血統的是夏娃的後裔，上帝用亞當的肋骨造了夏娃，目的是侍奉男人，誘惑男人，在男人墮落和毀滅時陪伴著他。那些希臘血統的女人是雅典娜的後裔，雅典娜是宙斯從自己的大腦中變出來的，這種女人永遠不會放過任何一個機會來提醒男人，她們是從神的腦袋生出來的，與男人的內臟或他們的詛咒無關。吉賽拉屬於後者。

莉薇亞也沒有出席守靈儀式，但葬禮後她在我的公寓裡等我，並且找來一個我意想不到的人，想強迫我面對自己的瘋狂，讓我恢復理智。一個我難得見到的人：我的父親。這次會面是為了把我從自己手中拯救出來，大部分時間都是我父親在說話，大部分背景音樂則是莉薇亞沒完沒了說著「我不敢相信，我不敢相信」，只是重音有時落在「不敢」，有時落在「相信」。我的父親竭力想要理解，我知道別人是怎麼說我們的嗎？說我們瘋了，玩著某種美食俄羅斯輪盤，每次我們聚在一起，殯儀館的人就爭先恐後來到我們的家門前。這種情況必須停止，我們實在幸運，目前還沒有警察介入調查，沒有審問，也沒有媒體爆出醜聞，這種情況必須停止！

然後，我說了一些連我自己都感到驚訝的話。

我說：

「現在停止對那些已經死去的人是不公平的。」

「什麼？」

「我不敢相信。」莉薇亞說：「我不敢相信，我不敢相信。」

我父親對我失去了耐心，這種事通常在我們交談十分鐘後就會發生，那天則花了更久的時間。他叫我要控制住自己，我還在寫作嗎？我想出書嗎？莉薇亞說我有天賦，他願意出錢找人幫我出書。也許我想去國外走走？什麼事都行，只要能讓我停止這種瘋狂的行為。我死命咬緊牙關，什麼都不說。最後，他失去了耐心。如果我想繼續這種瘋狂的行為，那好吧，但我不能用他的錢繼續。如果我想自殺，那我就自殺吧，但他是不會出錢的。在我們恐怖的狂歡以後，我也不能指望我的繼母會再幫我收拾杯盤狼藉了。

◈

我父親走了，莉薇亞留了下來。

「我不敢相信，我不敢相信，我不敢相信。」

「妳不懂。」

「對，我不懂，津。」

「這是跟所有人有關的事，這一切是、是……」

是什麼？我無法解釋我自己也不明白的事。莉薇亞說：

「哦，別跟我提那群人，一群沒用的失敗者，一事無成，只會把嘴塞滿，毀掉別人的生活。告訴我，他們裡面有誰做過什麼有意義的事。可憐的馬可仕努力過，但你們這些人阻止他。佩卓把家族企業搞到破產。喬昂詐人錢財，自己荷包滿滿。保羅實在讓人無法忍受……塞繆爾病了、瘋了，他應該被關起來。我相信這都是他的主意，我敢打包票，我懷疑這個盧西迪奧根本不存在，我敢跟你打賭，他只是塞繆爾編造出來的人。」

「不，莉薇亞，妳不知道我們以前是什麼樣子……在這以前。」

「哦，請不要跟我提拉莫斯，根據你所告訴過我的，他是你們當中最噁心的一個。」

莉薇亞以前不認識我們，她不能理解，她沒有參加過那些儀式。拉莫斯死後，女人開始參加晚餐，她們聽來聽去都是拉莫斯，拉莫斯喝干邑白蘭地時的演講，拉莫斯帶我們去勃艮第旅行，好令人難忘，還有那次拉莫斯……聽到最後，佩卓最後一任妻子抗議了：「你們聽起來好像使徒在談論基督！你們能不能別再提拉莫斯那個人了！」

◈

莉薇亞走之前，從我這裡得到一個承諾，我會停止舉辦晚餐，接受一些心理治療，在她的指導下吃纖維、大量的纖維。就在同一天，提亞哥來了我這裡，或者那是另一天的事？不，是同一天。這部分我寫得不是非常精確；幾個小時以來，我酒一杯接一杯喝，我不可能想起所有的事。但我發誓，事情經過就是這樣的，大致是這樣的。提亞哥來我這裡，告訴我，在佩卓的晚餐後，他尾隨盧西迪奧回家。當然，非常低調謹慎，我們不想做出任何可能嚇走我們頂尖廚師的事，也不想暗示死亡可能與他有關，或是對他的生活表現出超出他的拘禮所允許的興趣。但我知道盧西迪奧住在哪裡嗎？

「哪裡？」

「拉莫斯的公寓。」

「你這是什麼意思？」

「同一棟樓，同一間公寓，我在外面看到了他的名字。」

◈

提亞哥，偵探小說忠實讀者，他決定調查俱樂部裡其他成員的死因。提亞哥有強迫症，他知道這麼多的事，我並不覺得意外。例如，我知不知道喬昂有癌症？這件事連他家人都不知道。提亞哥是我們之中最容易迷戀成痴的，他不只對巧克力上癮，還知道關於巧克力的一切，它的歷史、它的成分，他對它的依賴的可能化學解釋。他是一個國際巧克力愛好者協會的成員，他們互相交換有關共同愛好的情報。有一回我們去歐洲，他脫隊跑去和一位住在布魯塞爾的巧克力迷見面，回來時驚嘆不已。他受邀到那男人的家裡過夜，床邊不僅有一個塞滿巧克力的櫃子，連櫃子本身也是巧克力做成的，以免有人半夜醒來想吃巧克力，結果存貨已經吃光了。有一次，為俱樂部其他成員提供初次性體驗的米琳願意獻身給提亞哥，以換得一塊巧克力，這件事後來成了我們悠久的傳說，因為提亞哥最後選擇保有他的童貞和巧克力。多年後，為了參加瑞士的巧克力節，他犧牲了一份大合約，他在建築界的聲譽從此一蹶不振。話說回來，他對一切都很癡迷。在他的屋子裡，有一個房間是專門用來放他的偵探小說，這些書擺滿了靠牆的書架，多到還得堆到地板和桌子上。有一回，拉莫斯說：「人是唯一一種總是索取多於需求的動物，人之所以為人，是因為他想要更多。」巧克力小子什麼都想要，什麼都想知道，連他的好奇心也是貪婪的。他告訴我，他已經調查過那個毒魚的故事，日本有個叫串本的地方，也有一種叫河豚的魚，如果料理不當，吃了這種魚會死。但是品嘗河豚的人並沒有秘密結社，當然，除非他們非常非常隱密。他沒有發現任何販售日本工藝品的商店賣護貝過的魚鱗，但他跟人形容了一下，得知那可能是一種雌雄同體魚的魚鱗，通常同性戀會隨身攜帶這種魚鱗，有點類似提亞哥鑰匙圈上的可可豆，用來向其他巧克力愛好者表明他也是同好。提亞哥警告說，我們一定要假設這件事不是商店的日本男人亂說的。

◈

巧克力小子和我去了那棟樓，那裡離我的公寓很近，走就走得到。天色漸暗，空氣冷冽，只有提亞哥撩起我的好奇心，才能硬生生把我從松鼠窩拉出來。近來我完全不出門，除非是去購物中心買酒，或者參加每月的守靈儀式。六一七號是拉莫斯以前的公寓，現在住戶的大名是盧西迪奧。門房懷疑地打量著我們，主要是因為我的拖鞋和襪子，但提亞哥用堅持但客氣的語氣提出問題後，門房就開始說話了。大約一年前，六一七號那個年輕人搬進了這棟樓，看樣子是從拉莫斯那裡繼承了公寓。據說，在此之前，他住在巴黎。我形容了一下塞繆爾的模樣。很簡單，我只要描述一個死人頭就行了——問門房有沒有見過他進出這棟樓。他說：「你是說塞繆爾先生？當然有，拉莫斯先生還在世時，他常來，但現在不來了。」盧西迪奧是一個非常矜持的人，總是彬彬有禮，但非常矜持。他不常出門，也從來沒有客人來訪。沒有，他看來沒有家人。他現在可能在家，我們希望他通知盧西迪奧先生我們來了嗎？不了，謝謝。我們請他無論如何不要告訴盧西迪奧我們來過，然後匆促地撤退了。我們一點也不希望盧西迪奧覺得我們在窺探他的生活。

◈

幾天後，我接到瑪拉的電話。安靜些吧，我的心。她擔心佩卓，他多年來第一次聯絡她，他想安排自己的守靈儀式，他認為瑪拉能幫上忙。

「安排他的守靈儀式？」

「他說這是一種特權。他說，知道自己死亡的日期和方式，能夠安排自己的結局，這賦予了生命的意義。他想把一切都準備好，他想讓我幫他安排守靈儀式。他說，只有我記得他生命中的某些事，那些連他自己都忘記了的事。他完全瘋了。他甚至想邀請二十多年前我們在巴黎度蜜月時到桌邊演奏的小提琴手，讓他們在守靈儀式上演奏，那時他們都已經是老人，現在恐怕都死了。這絕對是瘋了。丹尼爾，你們這是在搞什麼？」

「妮娜夫人知道這件事嗎？」

「這些年來，妮娜夫人已經神智不清了，她整天忙著刷洗消毒佩卓家的浴室，現在她在找那支八孔直笛。」

「什麼八孔直笛？」

「佩卓小時候常吹的八孔直笛，佩卓找不到，現在換她到處找，也不知道為什麼要找，只是找到哪裡，就清潔消毒哪裡。」

「他要那八孔直笛幹什麼？」

「誰知道，他想帶著它死吧，他說保羅死時脖子上掛著一雙運動鞋，我不知道他在想什麼。你必須阻止這一切，丹尼爾！」

瑪拉的聲音在我耳邊響起，我從來沒有聽過她的聲音這麼貼近我。我們夢中情人的聲音，即使是在生氣，即使是在重複別人一遍又一遍對我們說的話「我們必須制止這種瘋狂的行為」聽來也是這麼美妙動聽。但這不瘋狂，我現在知道這並不瘋狂。我不能對瑪拉這樣說，但我能理解佩卓，在等待處決的牢房中，一切都變得明確，一切都宛如儀式一般。在我看來，就是從巴黎請來小提琴手在他的守靈儀式上演奏，也不是那麼糟糕的主意。在等待處決的監獄，你已經超越了荒謬的感覺，你只想追求意義。

◈

巧克力小子和盧西迪奧約好在我的公寓見面，計畫八月的晚餐。提亞哥先到，他帶來了消息。吉賽拉正在和她的律師團討論，有沒有可能對我——「殺人廚房」的主人，對我個人提出指控，因為燉牛肉俱樂部雖然有拉莫斯創立的章程和紋章，但它不是一個法律實體。提亞哥的調查開始揭露出我們隱約知情或懷疑的事，但是我們寧可不深入調查。

「塞繆爾是拉莫斯撫養長大的，拉莫斯幫他付了學費，塞繆爾和他住在一起，直到一定的年齡。當我們在阿爾貝里酒吧認識塞繆爾時，他仍舊和拉莫斯住在一塊。」

四蛋塞繆爾，我們的英雄。是無賴，也是聖人。是貪得無厭的色鬼，也是骨瘦如柴的聖徒。他是最愛我們的人，也是最鄙視我們的人。他讓我們相信我們會擁有整個世界，現在卻因為我們征服不了世界而懲罰我們。他通過我們的食欲來教育我們，現在他又通過我們的食欲來殺害我們，手段非常溫和。我們對他一無所知，也許是因為我們寧願他是一個謎。每當有人問起塞繆爾他父母的事，他總是告訴對方，他們死於西班牙流感，如果有人說這不大可能，因為西班牙流感在二十世紀初就傳到了巴西，他會回答說：「嗯，可能是亞洲流感，我沒有向它要護照來看看。」

「這麼說，他和盧西迪奧早認識了？」

「我不知道。」那小子說：「我不知道你的推測對不對。」

我推測塞繆爾正在藉由盧西迪奧的協助殺害我們，塞繆爾按部就班對燉牛肉俱樂部的成員實施安樂死，把天使一個接著一個地送走，讓他們從肉體的可憎相陪中解放出來，從微不足道的人生經歷中解放出來，將祖蜜拉和賽娜妲斬釘截鐵地分開。

「我不知道。」那小子說。

「你的調查不會有任何結果，我們橫豎都是一死。」

提亞哥憤慨地回應。

「那是你，我現在還不想死。」

我對他的反應感到驚訝，我以為他都已經跟著儀式走到這一步了，那是因為他準備走到最後。我甚至開始思考吃下我那份有毒烤羊腿後的死亡場景，肯定包括我那套彈指足球桌遊和聖達斯特葡萄酒，也許還有一張瑪拉的照片。是的，在他們發現我氣絕身亡的寓言場景中，維若妮卡·羅伯塔一定也在裡面。我身旁還會有一張字條，一篇論文，或者一部關於自殺的小說。

◈

盧西迪奧來了，和往常一樣拘謹文雅。他說他想在提亞哥的晚餐上做法式舒芙蕾選粹，三種舒芙蕾，一個接一個上，沒有主菜，別的什麼也都沒有。我說佩卓愛死了舒芙蕾，而盧西迪奧什麼也沒說。討論好晚餐的細節後，提亞哥趁機想引誘盧西迪奧多說幾句話，只是友好的表現，不會說什麼嚇到他的話。河豚同好會在串本的聚會是什麼時候？年底，盧西迪奧回答。

「這是不是表示明年你可能不會和我們在一起了？」提亞哥開玩笑說。

盧西迪奧仍然十分嚴肅。

「到了明年，我在這裡就沒什麼事可做的了。」他說。

他到時已經把我們都毒死了，我暗想。一旦他們把我們都毒死了，他和塞繆爾會怎麼做？既然他們兩人都是雌雄同體魚魚鱗騎士團成員，他們會攜手邁向日出嗎？或者塞繆爾只是雇了盧西迪奧來做這件事？還是這份工作包括毒死塞繆爾自己？按照字母順序排列，佩卓死後，下一個就是他了。極有可能整個場景都是塞繆爾為了自殺而設計的。我們其他人先死，在他自殺以前，他殺死所有記得他的人，他殺死自己和自己的後裔。一場全面的自殺。

◈

身為一個無可挑剔的執行者，佩卓所做的準備包括了藝術史和音樂課，在阿爾貝里酒吧和我們一起陷入萬劫不復以前，他是一個有天賦的中世紀八孔直笛吹奏者。佩卓帶了直笛出席提亞哥的晚餐，不是他小時候吹的那一支，因為妮娜夫人找不到。他兩天前買了支新的，花了兩天時間重新學習吹奏。沒錯，在晚餐前，在吃舒芙蕾前，他有一場直笛獨奏會。演奏直笛是他一生中最後一件做得最好的事，他毀掉了父親留給他的公司，毀掉了與瑪拉的婚姻，但他有兩件事引以為豪：舒芙蕾和直笛。當我為他開門時，他一把抓住我的前襟，對我說了這一切。他穿著一套西裝，外套別滿了各式各樣仿造的獎章，競選徽章，足球隊徽章，他父親因產業服務而榮獲的獎章，翻領上甚至黏著瓶蓋。他比以前噴了更多的香水。

「天使的風格，你知道的，天使的風格，我的直笛老師以前是這麼說的：『你有天使的風格。』那是我第一次吹直笛，直到今天我都還記得。」

我試著把襯衫從他手中擰下來。

「佩卓，進來吧。」

但他不放開我。

「我必須偷偷溜出來，他們不想讓我來，瑪拉搞不好會跑來，來救我。是的，瑪拉，她回來了，丹尼爾。我的瑪拉回來了。」

「聽著，進來吧，佩卓。」

「丹尼爾，我要你在我的葬禮上講幾句話，好嗎？一定得是你，我把一切都處理好了，瑪拉知道該怎麼做，我要你到場，丹尼爾！」

「好，好，我們進去吧，其他人都到了。」

◈

我現在可以讓全部人都塞進我的書房，塞繆爾、提亞哥、佩卓和我自己。燉牛肉俱樂部變成了肉末，要敬的人比敬酒的人多。幸運的是，佩卓忘了他的直笛，我們不用承受獨奏會的折磨。他冷靜了一點，但是當我們被盧西迪奧叫去餐桌前時，他特意在餐前說了幾句措辭正式的話。他說，我們可能不知道，但有很長一段時間他捐款贊助保羅和他的理想，甚至給了武裝游擊運動捐了一些錢。可惜保羅不在場，不能證實這件事。保羅以前都稱他為該死的反動派，但那只是一個幌子，當保羅未能連任時，是他給了保羅一份工作。

「你們知道嗎？」佩卓說，好像剛剛想到這個念頭。「我認為我們的公司都倒閉了，那是因為我給左翼運動捐了太多錢。」

我們都知道佩卓一直積極支持政府鎮壓，他雇用保羅，只是因為保羅的一個秘密警察哥哥要求他這麼做。但對佩卓來說，這是關鍵時刻，何必用真相來破壞它呢?燉牛肉俱樂部是互相照應的夥伴。吃舒芙蕾吧。

◈

廚房剩下一點舒芙蕾，剛好夠一人吃，盧西迪奧根本不需開口問誰要。佩卓吃了一堆舒芙蕾後，反而越來越熱情，大喊著：「竟然比我做的還好吃。」沒等到提供最後一份的儀式開始，他就說：「我還要，我還要！」還說：「人之所以為人，是因為他想要更多！」盧西迪奧送上最後一份，佩卓幾乎是叉子一插下去就吃光了。

喝了干邑白蘭地後，佩卓評論起他最幸福的回憶，斷言他的最好時光是和他的狗一起度過的。唔，他的狗第一名，瑪拉第二名。塞繆爾目不轉睛看著盧西迪奧說：

「生存必須是一門古怪的藝術，能使糞土變為瑰寶。」

第三幕第二場。

但是，如果塞繆爾和盧西迪奧是那場正式大屠殺的同謀，塞繆爾眼中的仇恨要怎麼解釋呢？

9 蒼蠅俱樂部

「菲羅克忒忒斯。」塞繆爾說。我們被擋在教堂門外，佩卓的哥哥在教堂裡看守著他的遺體，這個前秘密警察退休了，他春風滿面，請求我們尊重喪家的悲痛。「哦，不。」他笑著說：「你們不要來。」透過敞開的教堂門，我們看到妮娜夫人站在開蓋的棺柩旁，驅趕著從兒子身體中飛出來的假想蒼蠅，不時整理一縷頭髮，或是拉直死者的領帶。塞繆爾、提亞哥和我就像負傷的戰士菲羅克忒忒斯，傷口傳出惡臭，沒有人願意接近。我們有死亡的味道，我們從怪人變成了牛鬼蛇神，我們和菲羅克忒忒斯一塊流放到他的島上，遠離正常人。然後，瑪拉走進教堂，連看都沒看我們一眼。沒有人尊重佩卓對於自己的守靈儀式的願望，我的葬禮致辭也遭到他家人一致的極力否決，主要是妮娜夫人反對，她記得我是個不利於健康的小男孩，靠近棺材無疑會對死者構成威脅。丹尼爾？當然不行！前一天晚上，佩卓吃完晚餐，回到家已經很晚了，但他沒有進屋，而是去了花園盡頭的狗窩，他決定死時和他的幾隻狗在一起。他被發現時已經死了，摟著一頭叫「冠軍」的拳師狗，另一頭叫「傑克森」的狗正舔著他。

◈

塞繆爾、提亞哥和我步行前往墓地。塞繆爾比平日更痀僂，更憂鬱。每次守靈之後，他似乎都老了好幾歲。前一天晚上，我們判斷我們進退維谷：才八月初，燉牛肉俱樂部裡應該要辦晚餐的成員已經全死了。提亞哥甚至建議，我們乾脆宣布今年算是結束了，燉牛肉俱樂部解散。但塞繆爾和我不同意。佩卓認為自己是死人，無怨無悔走了。沒有人說出口，但似乎不該以那種方式結束它，不管「它」是什麼，這對死者不公平。就在這個時候，盧西迪奧提議他來主辦一頓晚餐，他做法式可麗餅，全是可麗餅的晚餐。他支付開銷，算是送禮，這是一份禮物。於是我們說好了，九月的晚餐同樣在我的公寓舉行，那會是盧西迪奧向燉牛肉俱樂部致敬，向它死去的成員和倖存的成員致敬，那將是一頓簡單的可麗餅晚餐。

「如果死亡是按字母順序排列，那麼接下來是你了，塞繆爾。」提亞哥在墓地說。

「我不太喜歡可麗餅。」塞繆爾說。

「我也不喜歡。」我說。

「我也不喜歡。」提亞哥說。

我們誰也不會要求再來一份可麗餅，九月將舉辦晚餐，但不會有人要求再來一份，這麼一來，九月就不大可能有另一場守靈儀式。

◈

當天下午晚些時候，當佩卓的守靈儀式在教堂裡舉行時，塞繆爾、提亞哥和我這三個孤兒在墓地的小徑上徘徊，身後拖著越來越沉重的沉默。我平日覺得不講話會死，可連我也沒說什麼，提亞哥也努力憋著他急於想問塞繆爾的所有問題。有十來次，他吸了一口氣準備開口，但終究缺乏勇氣。最後，先開口的人是塞繆爾，一座宏偉的墳墓擋住了他，他面對著一尊舞劍的天使雕像。

當我們往回走時，塞繆爾開始用一種自言自語的語氣說話：「某些文化講到了神聖的劊子手，他是必不可少的殺手，在一場必不可少的儀式中扮演自己的角色，但不一定會被人理解。他幾乎總是遭到放逐，直到成為一個神話，人們才了解他。比方說，《聖經》中，該隱原本是惡棍，隨著時間的流逝，反而成了一個完全值得尊敬的人物——該隱，他是先祖，是城市的創始人……」

我以為他是在為自己辯護，所以抓住機會問他：

「這個神聖的劊子手選擇了他的角色，還是別人選擇了他？」

「沒有人選擇他，歷史選擇了他，必然選擇了他。」

「但是誰來決定儀式是必不可少的呢？以我們的情況為例？」

「你說『我們的情況』，這是什麼意思？」

我們停下腳步。

「我的意思是，以我們的情況來說，塞繆爾。」

提亞哥再也控制不住自己了。巧克力小子，這個強迫症患者，他需要知道事實。

「你和盧西迪奧早認識了，對不對，塞繆爾？」

塞繆爾什麼也沒說。然後他點了點頭，補充說：

「略微認識。」

「他是神聖的劊子手，那麼你是什麼？」

這是我提的問題。他悲傷地搖了搖頭，又開始往前走，我們跟了上去。他沒有回頭，只說：

「你們根本不明白。」

◈

當送葬隊伍出發時，我們剛好回到教堂。我們走在隊伍的後面，像流亡者一樣，與他們保持著距離。我見到了吉賽拉，她把目光移開。還有斯佩克特先生，他又給我打了手勢，我知道他在宣布他即將來訪。我們站在一段距離之外，佩卓被抬進家庭墓穴，放到他父親旁邊，沒有人發言。瑪拉摟著看起來很平靜的妮娜夫人，她的佩卓終於擺脫了一切的傳染。當這一小群人開始散去時，在我旁邊的塞繆爾才又說話了。

「以我們的情況來說，我是要被處決的人。」

我們是坐提亞哥的車去守靈儀式的，我沒有車，也從來沒有被允許開車上路，我自幼就表現出容易發生事故的天賦，那是我唯一明顯的天賦。從墓地回來的路上，提亞哥說：

「我不知道你怎麼想，但我認為是時候結束這場小遊戲了。」

塞繆爾和我什麼也沒說，提亞哥接著說：

「那好吧，我們吃最後一次的晚餐，吃可麗餅，然後就打住，好嗎？」

我們繼續保持沉默，塞繆爾坐在提亞哥旁的副駕座，我在後座。

「我認為我們應該在別人告發盧西迪奧以前告發他，吉賽拉正在採取行動這麼做，她說她要調查亞伯的死因，她要提出指控，他們隨時都可能逮捕盧西迪奧，我們也會跟他一起被逮捕，哦，我不知道，我想是以同謀的身分吧。還有一件事……」

「『頑童』。」我說。

塞繆爾轉過頭來。

「什麼？」

「『頑童』，出處是？」

「《李爾王》。」

「你們根本沒在聽我說話，該死！」提亞哥氣呼呼地說。

◈

完整的原文找到了。第二天，我到購物中心，買了一本《李爾王》的平裝本。我的英語居然比我的記憶力還差，要把過去幾個月從盧西迪奧和塞繆爾口中聽來的句子找出來並不容易，但我找到了「頑童」，在第四幕第一場。「我們之於神，猶如蒼蠅之於頑童；他們殺害我們，為了好玩。」拉莫斯跟我提過他的「頑童」，一個在巴西，另一個在巴黎。巴西的是塞繆爾，一個出類拔萃的「頑童」。巴黎的那個是盧西迪奧。拉莫斯也許為盧西迪奧的烹飪課程支付了學費，很可能把他對「莎士比亞和醬汁」的品味傳給了這兩個人。毫無疑問，他讓他們兩人把整部《李爾王》背得滾瓜爛熟，而就我所看到的，那不盡然是一個愛的證明。在我從購物中心買來的版本中，解釋晦澀單詞的註腳占去了每頁偌大的篇幅，解釋比正文還要長。在過去的幾個月裡，盧西迪奧和塞繆爾用《李爾王》的臺詞決鬥，不管是怎麼一回事，那是盧西迪奧和塞繆爾的事，與我們、與我們的懲罰或救贖無關。塞繆爾說過：「我是要被處決的人。」我們只是蒼蠅，我們就像蒼蠅一樣死去。

◈

我父親實現了他要停止給我零用錢的威脅，再也沒有一毛錢進我的銀行帳戶裡。莉薇亞不會讓我餓死的，但是我需要設法掙錢買些堅果。我什麼都不會做，有一次，我想到我可以寫寫專業的烹飪書，一本是春膳指南，另一本則收集了全部是紅色、白色或棕色的食物。一本介紹世界各地的異國美食，用了狗、猴子、螞蟻、蚱蜢等食材。或者在奇怪處境下做的或吃的食物大全，比如用瀝青煎雞蛋，三碼長的披薩，從某人的肚臍上舔果凍。我的同性戀連體嬰姐妹故事不會有銷路，特別是現在故事已經進入最後的恐怖階段，賽娜妲被迫永遠保持清醒，否則會被她的吸血鬼妹妹咬一口；祖蜜拉心煩意亂，想著人類處境、食欲、癡迷和死亡等漫無邊際的問題。莉薇亞認為，既然我始終長不大，那麼應該為孩子寫作，所以我一直在想辦法改寫同性戀連體嬰姐妹的故事，使故事適合兒童。

◈

提亞哥到我公寓吃可麗餅晚餐時心情很好。他說：

「所以我們同意了，是不是？今晚沒有人要給誰下毒，對嗎？」

盧西迪奧在廚房裡，塞繆爾癱倒在我書房的真皮扶手椅上。我替提亞哥開門後，回到塞繆爾對面的扶手椅上，在過去十五分鐘，我一直在椅子上觀察他，他沉默不語，給人一種不祥之兆。我們沒有注意到提亞哥，他斂起了笑容，跌到另一張真皮扶手椅裡，安於四周的沉默。塞繆爾來了之後，沒說過一句話，又五分鐘的沉默過去後，我開口了。

「所以，你是那個要被處決的人。」

「沒錯。」

「由盧西迪奧處決。」

「沒錯。」

「為什麼？」

「復仇。」

我們坐著等塞繆爾繼續說下去，但他不準備讓我們的審問變得容易些。

「盧西迪奧有什麼事要復仇？」提亞哥問。

「拉莫斯的死。」

提亞哥和我互相看了一眼，輪到我了。

「你和拉莫斯的死有什麼關係？」

「我是劊子手。」

我以為他指的是愛滋病，塞繆爾是拉莫斯的情人，他覺得拉莫斯生病是他害的。但提亞哥的思考角度不同，他不喜歡隱喻，他喜歡簡單又直接的偵探小說。

「拉莫斯死於愛滋病。」

「不是，他是中毒死的，我毒死了他。」

我仍然以為他是在隱喻。

「你是說你用病毒毒死了他。」

「不，我用薄荷醬毒死了他。」

◈

盧西迪奧走進書房，說第一道可麗餅可以搭配兩種魚子醬，黑色魚子醬和紅色魚子醬，我們是兩種都要，還是我們偏好其中一種呢？我們一致投票贊成兩種都要。盧西迪奧回去廚房。

◈

所以，神聖劊子手是塞繆爾，他殺死拉莫斯，是為了加速拉莫斯的死亡。當他在墓地裡提到神聖劊子手時，心裡想的並不是盧西迪奧。他是必不可少的殺手，盧西迪奧是他的報應，而我們是蒼蠅。

「喂，等一下，等等……」

提亞哥完全摸不著頭緒，要求弄清楚。

「你毒死了拉莫斯，盧西迪奧發現了……」

我插嘴問：

「盧西迪奧是怎麼知道的？」

「拉莫斯告訴他，在他生命的最後一天，他在醫院給他寫了一封信。」

「拉莫斯知道你毒死他嗎？」

「他要求我毒死他。」

「喂，等一下，等等……」

「在拉莫斯參加的最後一頓晚餐上，你在薄荷醬裡下了毒，因為你知道只有他會把薄荷醬放到羊肉上，因為你愛他，想減輕他的痛苦。因為他要求你這麼做的。」

塞繆爾閉著眼睛坐著，指尖靠在太陽穴上撐著腦袋。他睜開眼睛，盯著我看了大半天，然後才開口說話。

「我愛你們所有人，丹尼爾。」

提亞哥越來越不耐煩。

「喂，等一下，我們從頭再……」

「塞繆爾，你到底想從我們這裡得到什麼？你一定早知道，從一開始就知道，我們誰也不會有什麼作為。從在阿爾貝里酒吧的時候，你就知道沒有人會成大器，你想拯救我們，你為我們嘗試了所有的惡習，你為我們奮鬥，你差點為我們送命，你甚至為我們跟瑪拉上床，而我們從來不知道你想從我們這裡得到什麼。」

「現在已經太遲了。」塞繆爾笑著說，露出了他變黑的牙齒。

提亞哥想回到故事中他感興趣的部分。如果盧西迪奧想要報復塞繆爾殺死拉莫斯，為什麼不先毒死他呢？為什麼要殺了別人，將塞繆爾留到最後呢？塞繆爾的雙手朝我的方向做了個手勢，仍然微笑著，表示給了我替他回答的權利。我擁有發言權。

「因為他們都是壞小子，提亞哥，因為盧西迪奧想向塞繆爾證明他可以比他還要殘忍，因為盧西迪奧能做的最好的報復，不是只有殺死塞繆爾，而是先殺死他所愛的每一個人，我們只是蒼蠅。」

「還有因為他——」塞繆爾指著盧西迪奧繼續說，盧西迪奧剛剛走進書房，宣布晚餐已經準備好了。「是個十足的混蛋。」

他從扶手椅上站起來，加了一句：

「就這個詞最損人的意義而言。」

◈

我們喝冰鎮的伏特加，向食欲、拉莫斯、亞伯、喬昂、馬可仕、紹羅、保羅和佩卓敬酒。我們吃第一道可麗餅佐紅黑兩色魚子醬時，盧西迪奧一直站在桌子旁邊。他沒有參加談話。

「而你什麼都不說。」提亞哥說：「你讓他一個接著一個殺了我們……」

「我想看看他能做到什麼地步。」塞繆爾一面說，一面往黑魚子醬上擠了檸檬汁。「就說是病態的好奇心吧。」

「可是，可是……」

提亞哥非常氣憤，氣到幾乎都忘記了魚子醬。他絕對不會因為吃魚子醬噎死。

「那我們在這裡幹什麼，提亞哥？」我問。「為什麼我們要讓自己被毒死呢？沒有人想錯過一次盧西迪奧做的晚餐，當然，除了那些已經死去的人。」

「我來是為了吃美食，不是為了吞毒藥。」

「但是你還是來了。」

塞繆爾吃完了可麗餅和魚子醬，他總是比我們其他人都吃得快。他說：

「你們知道，從一開始就知道，知道這是某種形式的報應，而盧西迪奧就是劊子手。只是你們都以為這個儀式與你們有關，報應是針對你們來的，你們是罪人。每個人死的時候都堅信自己活該死掉。」

「除了安德烈。」我糾正他說。

「誰？」

「安德烈。」

我們沒有向安德烈敬酒。意外犧牲的安德烈，整個事件中唯一無辜的人。

「但無論如何，現在結束了。」提亞哥說。

「還沒結束。」塞繆爾說。

「結束了，結束了。吉賽拉正在採取法律行動，她會提出指控，我也要動起來，這種瘋狂結束了。神聖的劊子手，報應……天啊！朋友，這是謀殺，完全是謀殺。」

提亞哥望著正在收空盤的盧西迪奧，覺得有必要加一句：

「這不是針對誰，你明白的。」

◈

第一道可麗餅後，盧西迪奧在桌上放了更多的可麗餅，搭配各式各樣的配料。提亞哥堅持要盧西迪奧和我們一起坐下來，就為了表明我們之間沒有什麼芥蒂。不管怎樣，撇開其他的不談，盧西迪奧是一個偉大的廚師，值得我們欽佩與尊敬。提亞哥滿意地看著盧西迪奧吃下他自己準備的食物。

我們挑挑揀揀地吃，誰也不是特別喜歡可麗餅。盧西迪奧提議再做幾個，但我們都拒絕了，對提亞哥來說最重要的一件事是：絕對不要讓盧西迪奧離開我們的視線一秒鐘，尤其不能讓他回到廚房。

「你真的不想再要了嗎？」盧西迪奧問提亞哥。

「不要了，謝謝。」

「甜點？」

提亞哥猶豫了。

「也是可麗餅嗎？」

「不是，是法式巧克力侯爵夫人蛋糕。」

提亞哥使勁地嚥下口水。

「巧克力侯爵夫人蛋糕？」

「沒錯，但有一個問題……」

「什麼問題？」

「只夠一個人吃，我時間不夠，而且……」

巧克力小子看著我們，表情非常悲傷。我們對他做了什麼？

「給你吧，小子。」我說。

「對，你吃吧，提亞哥。」塞繆爾說：「我不要。」

「我也不想要！」提亞哥喊著。

「那我就吃了。」說著盧西迪奧準備回廚房去了。

「等等！」

盧西迪奧轉過身來。提亞哥問他是怎麼做巧克力侯爵夫人蛋糕，盧西迪奧詳細地告訴了他。盧西迪奧說話時，提亞哥似乎也在緩緩崩潰，彷彿以慢動作往內塌陷下去。盧西迪奧說完了，提亞哥癱在桌上，雙臂垂在身邊，腦袋枕著桌巾。他保持著這種姿勢，然後說：

「我要吃。」

◈

盧西迪奧站在餐桌旁邊，巧克力小子狼吞虎嚥吃著侯爵夫人蛋糕，淚水順著他的臉頰流下來。

「你會分酸的傻瓜和甜的傻瓜嗎？」

我已經找到了，第一幕第四場。

塞繆爾從椅子上站起來，走到盧西迪奥身邊。

塞繆爾說：

「我們得安排十月的晚餐。」

盧西迪奥說：

「十五日。」

塞繆爾說：

「在這裡。」

盧西迪奥說：

「我下廚。」

塞繆爾說：

「我最喜歡的菜是燉牛肉配木薯粉炒蛋和油炸香蕉。」

盧西迪奥說：

「你最喜歡的菜是法式什錦砂鍋。」

塞繆爾說：

「我變了。」

10 斯佩克特先生來訪

「喜愛夜晚的東西，不喜愛這樣的夜晚。」現在，你可以拿《李爾王》來問我，問哪一句都可以。「在這樣的夜晚……」那是一個莎士比亞式的暴風雨之夜，雷聲音效板發出人造的電閃雷鳴。塞繆爾和盧西迪奧在我的公寓裡，在我空蕩蕩的房間裡，為了他們故事的最後一幕見面。在巧克力小子的葬禮上，我們只能在遠方觀禮，因為他們不讓我們進入墓地。那時，塞繆爾說：

「我當然會去吃晚餐，這是我欠大家的。」

「我代表大家免除你欠下的情。」

「現在已經太晚了。」

「在這樣的夜晚……」外頭下著傾盆大雨，風吹得窗戶晃個不停。

盧西迪奧端著托盤走進大客廳，上頭盛著燉牛肉、雞蛋炒木薯粉與油炸香蕉，這時燈全都熄滅了。有相當的一段時間，只有閃電照亮著場景：塞繆爾和我吃著燉牛肉，把燉牛肉、雞蛋炒木薯粉和油炸香蕉塞滿嘴，呼嚕呼嚕，吃得像豬一樣。盧西迪奧繫著他的白色長圍裙，拘謹地站在桌邊。只要有一道閃電打下，桌巾和牆壁就會變藍色，我們配著可口可樂吞下食物，就像以前在阿爾貝里酒吧那樣。當燈光再次亮起來時，我們已經吃完了。盧西迪奧問塞繆爾要不要再來一些，塞繆爾說不用了。

「不用了？」

「聽著，不要誤會，不過阿爾貝里的燉牛肉好吃多了，燉牛肉不是你的拿手好菜。」

「你確定不想再來一點？」

塞繆爾過了一會兒才回答。外頭街道有激流洪水，有狂風驟雨，都像是打在臉頰上的耳光。

「好吧。」塞繆爾說：「再給我一份油炸香蕉。」

◈

如果塞繆爾準備了幾句遺言，那麼他並沒有來得及說出口。吃下香蕉的八分鐘後，他痛苦得身體扭曲，死了。他是我唯一親眼目睹死去的人，我看見他臨死前的痛苦，嚇得不能動彈，緊緊抓住桌子邊緣，無法將視線從在我拼花地板上抽搐的身體移開。眼見塞繆爾的死，治癒了我想讓自己也被毒死的念頭，同時治癒了要讓這個儀式走到合乎邏輯的終點的念頭。那個特別的故事結束了。我不知道我為什麼得救，也許只是這樣我才能活下來說這個故事。使塞繆爾身體抽搐的痙攣終於停止了，我正要起身時，盧西迪奧用手勢攔阻了我。他把屍體拖到我的沙發上。然後，當他開始收拾桌面時，他說：

「叫救護車。」

「救護車？」

「他們會認為是心臟病發作。」

「但是他的家人呢……」

「他沒有家人，一個也沒有。」

「但他們會起疑心的……」

「為什麼？」

「又死了一個人。」

「所以呢？」

盧西迪奧回廚房去，我又坐了下來，整個人嚇呆了。然後我跳起來，救護車，打電話，電話在哪裡？我在自己的公寓裡，卻不知道電話在哪裡。直到電話響起，我才找到了它。我循著聲音的方向找尋，是莉薇亞打來的，她想知道我吃過東西了嗎。

「吃過了。」

「什麼？」

「妳說『什麼』是什麼意思？」

「津，你吃了什麼？」

「燉牛肉，雞蛋炒木薯粉，香蕉。」

莉薇亞很驚訝，她在我的冰箱中放了一週份的冷凍食品，裡面並沒有這些東西。燉牛肉？雞蛋炒木薯粉？香蕉？

「我這就過去，津，你聽起來怪怪的。」

「不要來，風雨這麼大，妳不要出門。」

「什麼風雨？」

我向窗外望去，無風也無雨。

「我很好，我就要去睡了，我們明天再聊吧。」

「你聽說吉賽拉的事了嗎？」

「沒有，怎麼了？」

「她死了。」

「什麼？怎麼死的？」

「聽說是心臟衰竭。」

「心臟？十八歲就衰竭？」

「沒錯。」

◈

盧西迪奧主動告訴救護人員發生了什麼事，我說不出話來。我們正在吃東西，塞繆爾猛然站了起來，捂著胸口，冷不防就倒在桌子底下了。我們曾經設法搶救他，但沒有成功。我們不認識他的家人，他一個人住。應該向誰通知他的死訊？我們不知道。誰來支付喪葬費用？盧西迪奧看了我一眼，我點了點頭，然後開始計算公寓裡有什麼可以賣一賣，以便弄到一筆錢。

◈

十月的守靈儀式——塞繆爾的守靈儀式，只有我和斯佩克特先生出席。莉薇亞不肯和我一道來，自從她知道塞繆爾死在我的公寓後，就不肯和我說話了。我告訴她，那真的是心臟病發作，與晚餐、俱樂部和瘋狂沒有任何關係，但她不信。斯佩克特先生小心翼翼走近，問道：「癌症？」我回答說：「心臟。」他搖了搖頭，說了一句我當時不明白的話：

「我相信他不會後悔的。」

我安排斯佩克特先生兩天後來找我，和我談談，他明白現在不是時候。埋葬了塞繆爾之後，我坐上一輛計程車，要司機送我到我們以前住的地方，我已經好幾年沒去那裡了。阿爾貝里的酒吧如今是一家錄影帶店，我站在人行道上，盯著那棟新建築，努力回想舊房子的模樣。我叫了另一輛計程車，回到我的樹屋。如果我免於一死是為了記住，那麼我會記得七零八落，因此我開始把事情寫下來。

◈

斯佩克特先生一開口就說，從一個朋友那裡，他聽說了我們的「組織」，對我們做的事感興趣，因為這與他自己的想法不謀而合，更確切地說，不只是他的想法，而是他所代表的一群人的想法。一群人。

「對我們做的事感興趣？」

「沒錯，我不知道該怎麼形容……也許是安樂死？」

「安樂死？」

「舒適的死亡？」

「舒適的死亡？」

「臨終之樂？」

「臨終之樂？」

「先生，你管這叫什麼？」

「我管什麼叫什麼？」

「你所做的事，過量提供一個人他最喜愛的東西來殺死他。」他以為我的沉默是出於提防，連忙向我保證，我可以相信他，我們達成的任何協議都將嚴格保密。

「對，嗯，沒錯，你的這位朋友……你能告訴我他到底跟你說了什麼嗎？」

「他不只是一個朋友，真的，他是我的表哥，他是個醫生。他那時治療一個癌症晚期的病人，這麼說吧，那個病人決定利用你們組織提供的服務，讓你們殺死他。我的這位朋友，這位表哥，顯然不贊成，不過他並不完全反對這個概念。」

「什麼概念？」

「……歡歡喜喜從痛苦中解脫。」

「歡歡喜喜從痛苦中解脫？」

「縱欲而亡。」

「縱欲而亡？」

「壯烈嗚呼。」

「壯烈嗚呼？」

「同情心的極致表現？」

「同情心的極致……聽著，這個病人到底跟醫生說了什麼？」

「你用臨終病人選擇的方式殺死他們，過量的美食，過量的性愛，過量任何能給他們帶來快樂的東西。」

喬昂向來是個騙子。

「你到底想說什麼呢？」

「我代表一群有興趣參加這個新計畫的人。」

「你代表一群有興趣投資我們——呃，組織的人？」

「不，不，他們是有興趣利用你的服務，他們有興趣死在你的手裡。」

我一定是做了個鬼臉，因為斯佩克特先生很快又說：

「而且準備為這支付高額費用，當然是事先付清。」

「那是當然了。」

我要求一點時間考慮，我需要和——呃，組織的其他成員商量商量，我們從來沒想過這樣擴大我們的服務，我們通常只是幫助朋友。以某個角度來說，我們算是一個死亡俱樂部，我們製造天使，但只製造我們認識的天使，我們向來認為，在乞求更多、更多、更多之際死在我們手中的人，都可以被稱為天使。我相信你會理解的，我們需要考慮實際細節、道德內涵、可能涉及的法律問題，這並不容易。斯佩克特先生說他能理解。我們說好他明天再來聽聽我們的答覆。他離去前，我問斯佩克特先生自己是不是得了絕症，他露出謙虛的神態說沒有，他只是個中間人。但是他承認，他常常思考，能夠計畫自己的終點，一定是非常幸福的。這有點類似閱讀懸疑故事以前先翻到最後一頁，這麼一來，你會用更聰明的方式來閱讀它。

◈

我給盧西迪奧打了個電話，擔心他可能已經離開了這座城市。但他仍住在同一間公寓，壓根沒有離開的打算，也就是說，他絲毫不擔心我會洩露我對他可怕的復仇所知道的一切。既然他也除掉了吉賽拉——雖然我不知道他怎麼辦到的，既然我要告發他，就免不了承認自己也參與了此事，那麼他只需要讓時間流逝，等著人們忘記燉牛肉俱樂部悲慘地解散了就好。然後，他可以用從拉莫斯那裡繼承下來的錢開一家餐館。

我把斯佩克特先生的來訪和他的提議告訴了盧西迪奧，料想他會突然縱聲大笑，但盧西迪奧是從來不笑的。他問我是否確定斯佩克特先生就是他自己所介紹的那個人，他可能是一名巡官，也許正在進行調查，也許他編了整個故事，謊稱有一群人想在尋歡作樂中死去，因為他知道我喜歡聽妙想天開的故事。他建議我們邀請斯佩克特先生明天來吃晚餐，討論他的建議。他說：

「別忘了，我還沒做你的法式烤羊腿。」

◈

今天，當斯佩克特先生來的時候，我會邀請他吃晚餐。我希望他也喜歡烤羊腿。他的主意我越想越喜歡，如果盧西迪奧同意，我們可以賺很多錢，我恰好缺錢。聖達斯特葡萄酒越來越貴，公寓裡的每一樣東西都賣了，除了馬可仕的畫，因為沒有人想買。斯佩克特先生可以做我們的仲介，為我們提供渴望體驗我們同情心極致表現的客戶，我們甚至可以考慮擴大業務，讓這更像喬昂給他的醫生瞎編的謊言，更像我們笑話大師所講的離奇故事。我不只能想像，在我空蕩蕩的房間，我們在盛宴上殺死絕症患者，還能想像我們為垂死的百萬富豪安排加勒比海郵輪之旅，參觀歐洲列國首府，遊歷亞洲罪惡淵藪，享受世界所有頂級的樂趣。我們提供危險的冒險、終極的狂喜、致命的極端、無比的高潮、不朽的勃起，給任何想要更多的人，永遠想要更多更多更多更多更多更多更多更多更多更多更多更多更多更多……丹尼爾，夠了！

國家圖書館出版品預行編目資料

極樂饗宴/路易斯・費南多・維里西默；呂玉嬋 --
初版. -- 臺北市：皇冠, 2021.11
面；公分. -- (皇冠叢書;第4985種)(CHOICE;347)
譯自：O Clube dos Anjos

ISBN 978-957-33-3813-0 (平裝)

885.7157　　110016984

皇冠叢書第4985種
CHOICE 347

極樂饗宴

O Clube dos Anjos

作　　者—路易斯・費南多・維里西默
譯　　者—呂玉嬋
發 行 人—平　雲
出版發行—皇冠文化出版有限公司
台北市敦化北路120巷50號
電話◎02-27168888
郵撥帳號◎15261516號
皇冠出版社(香港)有限公司
香港銅鑼灣道180號百樂商業中心
19字樓1903室
電話◎2529-1778　傳真◎2527-0904
總 編 輯—許婷婷
責任編輯—平　靜
美術設計—嚴昱琳
著作完成日期—1998年
初版一刷日期—2021年11月

法律顧問—王惠光律師

讀者服務傳真專線◎02-27150507
電腦編號◎375347
ISBN◎978-957-33-3813-0
Printed in Taiwan
本書特價◎新台幣260元/港幣87元